BLODWEN JONES
A'R
ADERYN PRIN

Blodwen Jones a'r Aderyn Prin

Bethan Gwanas

GOMER

Argraffiad cyntaf – 2001
Ail argraffiad – 2004

ISBN 1 84323 057 7

Cyhoeddwyd dan gynllun comisiynu
Cyngor Llyfrau Cymru.

Dymuna'r cyhoeddwyr gydnabod cymorth
Adrannau Cyngor Llyfrau Cymru.

Argraffwyd yng Nghymru gan
Wasg Gomer, Llandysul, Ceredigion

Mehefin 23ain Prynhawn Sul 5.30

O wel. Roedd hi'n rhy berffaith. Hywel a Blodwen . . . Fydda i ddim yn Mrs Blodwen Edwards wedi'r cyfan. Dw i wedi gorffen efo fo. Wel . . . fwy neu lai. Dydi o ddim yn gwybod eto. Dw i isio dweud wrtho fo, ond dw i ddim wedi ei weld o. Ddim ers dyddiau. Ddim ers y noson cerddais i mewn i dafarn y George. Roedd o yno – efo hi . . . y ferch â gwallt hir melyn a sgert oedd ddim yn hir – o gwbl. Roedd ei dafod o yn ei cheg hi. Nac oedd, doedd hi ddim yn olygfa hardd. Ro'n i'n teimlo'n sâl. Ac roedd o'n teimlo ei phen ôl hi. Gafaelais i mewn peint, a'i dywallt dros ei ben. Wel – ei phen hi hefyd. Mynd am ei ben o ro'n i, ond roedd hi'n rhy agos. Tyff. Ro'n i'n teimlo'n well wedyn, ac es i adref ac yfed potelaid o win. Do'n i ddim yn teimlo'n well y bore wedyn. Yn enwedig pan ddaeth y postmon. Ro'n i wedi gyrru ffilm i gael ei – beth yw *develop*? – ble mae'r geiriadur? *Aha* – datblygu. Lluniau o Hywel a fi ar Ynys Llanddwyn: ynys y cariadon. Roedden nhw'n lluniau da. Ond maen nhw yn y bin sbwriel rŵan, efo bocs cyfan o Kleenex gwlyb. Ac mae Ynys Llanddwyn yn *con*.

Ffoniais i Andrew ond ces i beiriant ateb. Neges â lleisiau Andrew a Menna'n canu deuawd, a llawer o

---

wedi'r cyfan	after all	*tywallt (GC)*	to pour *(arllwys)*
mwy neu lai	more or less	*bin sbwriel*	rubbish bin
golygfa (eb)	scene, sight	*peiriant ateb*	answering machine
pen ôl	bottom	*deuawd (egb)*	duet
gafael	to take hold of		

chwerthin. Ro'n i'n teimlo'n sâl. Felly rhoiais i'r ffôn i lawr a chrio mwy. Wedyn ffoniais i eto a gadael neges, rhywbeth fel:

'Andrew? Ble rwyt ti? Mae Hywel . . . mae Hywel . . . yn . . . yn . . . *complete and utter bastard*! Plîs ffonia fi. O ie . . . Blodwen sydd yma.'

Ffoniodd Andrew ar ôl 32 awr a 33 munud.

'Blod? Beth sy'n bod? Ro't ti'n swnio'n . . . ofnadwy!'

'Mae o'n ofnadwy. Dw i wedi gorffen efo fo.'

'Pwy?'

'Hywel!'

'O . . . wel . . . dw i'n falch.'

'Yn falch?'

'Ydw. Do'n i ddim yn hoffi'r dyn.'

'Esgusoda fi?'

'Na, mae o'n ddyn . . . beth ydi *arrogant*, Menna?'

Clywais i lais Menna yn y cefndir yn dweud:

'Ym . . . ffroenuchel.'

'Ie . . . mae o'n ffroenuchel. W! Gair da, yntê! *High-nostrilled! He's a high-nostrilled pillock*, Blod.'

'Plîs paid â fy ngalw i'n Blod . . .'

'Mae'n ddrwg gen i, ond rwyt ti'n well heb Hywel.'

'O. Felly pam dw i'n teimlo mor ofnadwy?'

'Amser, Blod. Mae'n ddrwg gen i – Blodwen. Ie, mae amser yn gwella popeth.'

'Mewn faint o amser?'

'Fyny i ti. Dyddiau . . . wythnosau . . . blynyddoedd weithiau.'

'Waaaaaaaaa!'

---

cefndir (eg)	background	*weithiau*	sometimes

'Blodwen! Paid â chrio . . . plîs.'
'Waaaaaa . . .'
'Blodwen . . . Menna? Helpa fi . . .?'
Llais Menna yn y cefndir:
'Andrew? Be rwyt ti wedi'i ddweud wrthi hi?'
'Dim byd!'
Llais Menna ar y ffôn:
'Blodwen? 'Dan ni'n dod draw – rŵan.'

Felly rhoiais i'r ffôn i lawr a chwythu fy nhrwyn. A dw i'n sgwennu hwn tra'n aros. Mae'n anodd achos fy nghath, HRH. Mae hi'n dringo arna i bob munud, ac yn llyfu fy wyneb. Dw i isio meddwl mai . . . beth ydi *sympathy*? Cydymdeimlad. Dw i isio meddwl mai cydymdeimlad ydi o. Ond dw i'n nabod HRH, a dydi hi ddim yn gath gydlymdeim . . . gydimdeimliadwy . . . gydimdeimladol? *Oh, whatever*. Dw i'n meddwl ei bod hi'n hoffi blas halen.

Mehefin 23ain Nos Sul 9.00

Daeth Menna â bara cartref i mi (mae'r ferch yn berffaith, felly pam nad ydw i'n siŵr a ydw i'n ei hoffi hi?) a daeth Andrew â CD Dafydd Iwan. Dw i ddim yn siŵr pam.

Gwnaeth Andrew baned i ni tra oedd Menna yn ceisio siarad efo fi. Ond efo Andrew ro'n i isio siarad. Dw i ddim yn siŵr pam. Mae o'n rhoi ei droed ynddi hi o hyd. Ond roedd Menna yn gwneud ei gorau.

'Mae llawer mwy o bysgod yn y môr, Blodwen.'

---

chwythu	to blow	*llyfu*	to lick
sgwennu (GC)	*ysgrifennu*	*blas (eg)*	taste
tra	whilst		

'Oes, ond dw i'n mynd yn sâl ar y môr.'

Edrychodd hi'n rhyfedd arna i. Does gan y ferch ddim hiwmor.

'Rwyt ti'n gwybod be dw i'n ei feddwl.'

'Ydw. Bod llawer mwy o ddynion allan yna yn rhywle.'

'Yn hollol.'

'Ond maen nhw i gyd yn rhy ifanc neu yn rhy hen, neu yn dwp, yn hyll neu'n *alcoholics.*'

'Blodwen . . . dwyt ti ddim yn meddwl dy fod ti braidd yn rhy ffysi?'

'Ffysi . . .'

'Ie . . .'

'Beth rwyt ti'n ei feddwl?'

'Wel . . . â phob dyledus barch.'

'Pardwn?'

'O . . . ie . . . ym . . . *with all due respect* . . . â phob dyledus barch . . .'

Ro'n i'n teimlo gwallt fy mhen yn dechrau codi. Os ydi 'â phob dyledus barch' yn golygu yr un peth â *with all due respect*, does gan y person sy'n siarad ddim parch tuag atoch chi. Ond roedd Menna'n dal i siarad . . .

'. . . wel, dwyt ti ddim yn Catherine Zeta Jones, wyt ti? *(But you are, I suppose . . .)* A dwyt ti ddim yn mynd dim iau . . .'

Ro'n i isio ei tharo hi ar ei phen efo'r geiriadur. Ast! Roedd Andrew yn dod i mewn, diolch byth.

---

yn hollol	exactly	*parch* (*eg*)	respect
hyll	ugly	*tuag atoch chi*	towards you
braidd	rather	*dal i*	to continue to
golygu	to mean	*iau*	*ifancach*
yr un	the same	*taro*	to strike

'Beth sy'n digwydd dydd Iau?' meddai fo, wrth roi paned i ni.

'Na,' eglurodd Menna, 'dweud o'n i, nad ydi Blodwen yn mynd yn iau . . . *not getting any younger*.'

'A fy mod i'n rhy ffysi . . .' meddwn i. Edrychodd Andrew arni hi mewn sioc.

'O, Menna! Dydi hynny ddim yn wir!'

'Diolch, Andrew,' meddwn i.

'Na, chwarae teg, edrycha ar y ddau *plonker* mae hi wedi eu cael eleni . . . Llew a Hywel . . . faswn i ddim yn galw hynny'n ffysi.'

'Diolch . . . Andrew.'

'Croeso. Wyt ti isio siwgr?'

Arhoson nhw ddim yn hir. Mae gan Menna alergedd i gathod. Dw i mor falch. A dyna fy mhroblem – dw i'n rhy falch (y balch arall – *proud*) a ffysi i edrych ar ddynion sydd yn yr un – beth ydi *league*, tybed? Dyma ni – dynion sydd yn yr un gynghrair â fi.

Mae hi wedi bod yn ddiwrnod hir. Dw i'n mynd i'r gwely.

Mehefin 26ain Dydd Mercher

Ces i freuddwyd ofnadwy neithiwr. Wel, hunllef, felly. Ro'n i yn y gôl i Fanceinion Unedig ac roedd Llew a Hywel yn chwarae yn fy erbyn i. Ces i gic gan Llew, a thorrodd fy nghoes. Wrth i mi foddi mewn pwll o waed, sgoriodd Hywel. Dringais i allan o'r pwll i gwyno wrth y dyfarnwr, ond Andrew oedd o, a thorrodd o fy nghoes arall.

---

hunllef (*eb*)	nightmare	*yn fy erbyn i*	against me
Manceinion Unedig	Manchester United	*boddi*	to drown
		dyfarnwr (*eg*)	referee

Roedd fy ngwaith yn y llyfrgell yn ddiflas fel arfer. Roedd Gwen yn flin a doedd fy nhelepen i ddim yn gweithio. Roedd y bachgen sydd efo ni am wythnos o brofiad gwaith wedi rhoi y *returns* i gyd ar y silffoedd anghywir. A daeth mam Hywel i mewn.

'Helô, Blodwen! Dw i heb eich gweld chi ers talwm!'

'Ym, naddo.' Ydi hi'n gwybod?

'Ond dyna fo, mae Hywel mor brysur efo'r cneifio.' (Nac ydi, dydi hi ddim yn gwybod.)

'Ym . . . ydi?' Alla i ddim dweud wrthi hi, ddim fan hyn, ddim o flaen Gwen.

'Ydi, mae'n cwyno'n ofnadwy am ei gefn. Sglyfaeth o beth ydi'r cneifio 'ma, wyddoch chi.'

'Sglyfaeth o beth?'

'*Horrible thing*.' Hm. Fel ei mab.

'Mae'n siŵr.' Ond dw i ddim yn meddwl mai cneifio sydd wedi brifo ei gefn o rywsut. Oni bai ei fod o a'r ferch o'r George yn chwarae gêmau amaethyddol yn y gwely.

Dw i ddim isio meddwl amdanyn nhw yn y gwely.

Gadawodd mam Hywel efo chwe nofel dditectif, ac es i i'r tŷ bach i grio.

Dw i'n colli Hywel.

Dw i angen gwneud rhywbeth gwahanol, gweld pobl wahanol. Gwyliau! Rhywle braf fel y Seychelles neu'r Maldives. Neu hyd yn oed y Costa del Sol. Ond ar ôl

---

blin	cross	*brifo*	to hurt
profiad gwaith	work experience	*oni bai*	unless
anghywir	wrong	*amaethyddol*	agricultural
ers talwm	for ages	*gadael (gadaw-)*	to leave
cneifio	shearing, to shear	*hyd yn oed*	even
wyddoch chi	you know		

talu bil y garej, does gen i ddim pres. Roedd gen i ddwy olwyn foel, dim *brake pads*, twll yn yr *exhaust* a dŵr yn dod drwy'r to haul. Y Maldives! Alla i ddim fforddio diwrnod yn y Rhyl.

Heno, es i i'r wers Gymraeg. Roedd pawb yn garedig iawn, wedi clywed fy mod i'n ôl ar y silff – gan Menna, mae'n siŵr. Roedd Michelle (sy'n fam i dri phlentyn bach) yn siarad efo fi fel plentyn bach. Ro'n i'n disgwyl iddi hi ddweud didyms a chwythu ar y briw unrhyw funud. Roedd Brenda, sydd hefyd yn sengl – ac yn 27, yn edrych yn . . . beth ydi *smug*? Mae'r geiriadur yn dweud: hunanfoddhaus, hunanfodlon . . . geiriau mor hir a chymhleth. Mae Cymry cyffredin yn dweud smyg, mae'n siŵr.

Roedd Jean yn boen yn y pen ôl:

'Dyna ti, Roy! Mae Blodwen angen dyn! Dyma gyfle! *Go on* – gwna dy symudiad!'

Roy druan. Mae o mor swil. Aeth o'n goch fel tomato (*can't be bothered to look up beetroot)* a wnaeth o ddim edrych arna i drwy'r nos wedyn.

Beth bynnag, roedd Menna yn rhoi ein traethodau yn ôl i ni heno. Roedd hi wedi gofyn i ni sgwennu un tudalen A4 am Fy Nheulu. Dw i'n hoffi sgwennu, felly ro'n i wedi gwneud mwy nag un tudalen. Wyth, a dweud y gwir, ond mae gen i ysgrifen fawr. Doedd Menna ddim yn hapus.

'Mae o'n dda iawn, Blodwen, ond un tudalen

---

pres (GC) (eg)	*arian*
moel	bald
briw (eg)	wound
cymhleth	complicated
symudiad (eg)	move
swil	shy
beth bynnag	anyway
traethawd (eg)	essay
traethodau	
tudalen (egb)	page
ysgrifen (eb)	handwriting

ddwedais i, yndê? Dy air di heno ydi cynnil: *concise*. Ceisia fod yn gynnil tro nesa, iawn?'

'Iawn.' Gwnes i bron â dweud 'Iawn, miss', a mynd i'r gornel.

Ro'n i wedi mwynhau sgwennu am fy nheulu. Mam, sy'n dal i feddwl fy mod i'n 16 oed ac yn poeni a ydw i'n bwyta'n iawn, ond eto yn poeni fy mod i'n bwyta gormod. Mae'n gwneud *yoga* bob nos yn ei llofft ac yn drewi o *incense*. Dad, sy'n rheolwr banc yn Lerpwl, ac yn cysgu y munud mae'n dod adref, a byth yn ateb y ffôn. Mae'n pysgota bob penwythnos ond byth yn dal pysgodyn. Wel, efallai ei fod o'n dal rhywbeth, ond mae'n ei roi yn ôl yn y dŵr yn syth. Mae o'n ddyn caredig iawn. Ac yna Nain a Taid. Cymro oedd Taid – Goronwy Jones. Symudodd o i weithio yn Lerpwl yn 1915. A dyna pam ces i fy ngalw yn Blodwen – i blesio Taid. Mae Nain mewn cartref hen bobl. Roedd hi'n ddynes garedig iawn, a ffraeth hefyd, nes iddi hi golli ei marblys. Dydi hi ddim yn nabod neb rŵan. Mae'n drist iawn. Hoffwn i ei gweld hi'n fwy aml, ond mae Lerpwl yn bell. A beth ydi'r pwynt os dydi hi ddim yn fy nabod i?

Beth bynnag. Roedd Menna wedi troi at Roy.

'Da iawn, Roy. O ie, pa mor dal oedd dy daid, 'te?'

'Pardwn?'

'Dy daid. Faint? Dros 6' 6"? 6' 8"?'

Roedd Roy'n edrych arni hi mewn dryswch.

'Ym . . . tua 5' 8" . . .'

'Ond . . . dwedaist ti ei fod o'n fawr.'

'O . . . fy nhaid mawr . . . yr un peth. 5' 7" efallai?'

---

yndê?	didn't I?	*rheolwr (eg)*	manager
bron â	almost	*plesio*	to please
llofft (GC) (eb)	*ystafell wely*	*ffraeth*	witty
drewi	to stink		

Menna oedd yn edrych arno fo mewn dryswch rŵan.

'Ond pam ei alw'n fawr, 'te?'

'Dw i ddim yn deall.'

Doedd neb yn deall. Yna, cliciodd rhywbeth yn fy mhen.

'Roy? Wyt ti'n ceisio dweud *great grandfather*?'

'Ydw. Taid mawr.'

Gwenodd Menna.

'Nage, Roy . . . hen daid ydi hwnnw . . .'

Roedd pawb yn chwerthin rŵan, ac roedd Roy druan fel tomato coch iawn iawn *(still can't be bothered to look up beetroot)* ond allwn i ddim peidio â chwerthin. Roedd Jean yn chwerthin yn uchel ac yn gwneud sŵn fel mochyn. Yna trodd Menna ati hi, a rhoi ei thraethawd iddi hi.

'Eitha da, Jean, ond beth ydi hyn am fferyllfa ryfedd rhwng dy dad a dy fam? Dydi o ddim yn gwneud synnwyr.'

'Nac ydi, dyna pam mae'n rhyfedd!' Roedd Jean yn dal i chwerthin.

'Y fferyllfa?'

'Ie.' (Sŵn mochyn eto.)

'Siop cemist?'

'Beth!?'

'Dyna beth ydi fferyllfa, Jean. Beth ro't ti'n ceisio ei ddweud? Sefyllfa – *situation*?'

Roedd wyneb Jean yn biws, a doedd hi ddim yn chwerthin rŵan. Ond roedd Roy'n gwenu.

Dw i'n mwynhau'r gwersi Cymraeg. Maen nhw'n gwneud i mi anghofio am fy mhroblemau personol. Feddyliais i ddim am Hywel am ddwy awr.

---

dryswch (eg)	confusion	*piws*	purple
synnwyr (eg)	sense		

Mehefin 29ain Dydd Sadwrn

Diwrnod poeth iawn iawn heddiw. Mae pawb wedi mynd i lan y môr ond fi. Ffoniodd Andrew i ofyn a o'n i isio mynd efo fo a Menna, ond dwedais i na. Roedd gen i waith i'w wneud yn yr ardd. Mae hynny'n wir, dw i heb edrych ar yr ardd ers wythnosau. Ond nid dyna'r rheswm . . . mae Menna mor fach a thenau. Baswn i'n edrych fel buwch wrth ei hochr hi ar y traeth. Buwch fawr dew â – beth ydi *scabs*? Crachen . . . crachod, meddai'r geiriadur. A beth ydi hwn? *Ind*: bradwr. *Individual?* Nage siŵr . . . *industrial*, mae'n rhaid. Fel bradwyr sy'n torri streic neu rywbeth. Diddorol. Ble ro'n i? O ie, ar y traeth efo Menna . . . ie, dw i'n grachod dros fy nghoesau i gyd ac yn edrych fel hufen iâ *raspberry ripple*. Dw i'n siŵr bod coesau Menna'n frown a pherffaith. Felly es i ddim i'r traeth. Arhosais i gartref, a bwyta fel hwch. Es i i'r ardd, ond dim ond i orwedd yn yr haul a chrafu fy nghrachod. Rŵan maen nhw'n gwaedu, a dw i wedi llosgi fy nhrwyn, fy ysgwyddau a chefn fy nghoesau. Dw i mewn poen. A does gen i neb i roi hufen ar fy narnau coch. Ac mae hi'n nos Sadwrn.

Gorffennaf 3ydd Dydd Llun

Diwrnod diflas arall yn y gwaith. Ddaeth neb diddorol i mewn. Dim ond dwsin o blant oedd isio mynd ar y We ar ôl ysgol. Dwedon nhw eu bod nhw'n chwilio am bethau ar gyfer prosiect ysgol, ond dw i ddim mor siŵr.

---

buwch (*eb*)	cow	*gwaedu*	to bleed
hwch (*eb*)	sow	*ysgwyddau* (*ll*)	shoulders
crafu	to scratch	*y We*	the Web

'Na, mae'r peth sy'n dy boeni yn fwy na Hywel.'

'O. Wel . . . ydi . . . Fi sy'n fy mhoeni i. A dw i'n fwy na Hywel.'

'Ti?'

'Ie, fy mywyd i . . . fy ngwaith i . . .'

'Dwyt ti ddim yn hapus yma?'

'Wedi diflasu ydw i, Dei.'

'Dyna pam rwyt ti'n crafu fel 'na.'

'Mae'n ddrwg gen i?'

'Rwyt ti'n crafu drwy'r amser . . . edrycha! Mae dy goesau di'n gwaedu!'

Roedd afonydd bach o waed yn diferu i lawr fy nghoesau. Do'n i ddim wedi sylweddoli fy mod i'n crafu.

'O diar . . .'

Rhoiodd Dei hances papur i mi. Dechreuais i sychu'r gwaed.

Roedd Dei'n syllu arna i.

'Blodwen . . .?'

'Beth?'

'Oes gen ti gath?'

'Oes . . . HRH. Pam?'

'Wel . . . dw i'n meddwl efallai bod gynni hi chwain.'

'Be ydi chwain?'

'*Fleas.*'

Saib. Ro'n i'n chwerthin.

'*Her Royal Highness!* Byth! Dyna syniad gwirion . . .'

'Wel . . . anifail ydi hi wedi'r cwbl.'

'Ie, ond . . . Rwyt ti'n meddwl mai . . . chwain sydd wedi . . .' edrychais i ar y lympiau mawr coch ar fy nghoesau.

---

diferu	to pour, to drip	*gwirion*	silly
hances papur	tissue	*wedi'r cwbl*	after all
syllu ar	to stare at		

'Ydw.'

'YYYYYCH!!!!!' Ro'n i'n teimlo'n fudr, ac roedd fy nghorff i gyd wedi dechrau cosi rŵan. Ro'n i'n teimlo rhywbeth lawr fy nghefn, yn fy ngwallt – bob man! Dw i'n eu teimlo nhw wrth sgwennu amdanyn nhw rŵan!

'Hei,' meddai Dei, 'tyrd, ddo i adre efo ti i weld, ia?'

'Plîs. Diolch.'

'Dim problem, siŵr.'

'Dei?'

'Ia?'

'Wnei di ddim deud wrth Gwen?'

'Ddeuda i ddim gair wrth neb, dw i'n addo.'

Do'n i ddim isio i Gwen wybod ar unrhyw gyfrif. Mae hi'n meddwl fy mod i'n hipi budr, hollol wallgof yn barod.

Efallai ei bod hi'n iawn.

Daeth Dei adref efo fi ar ôl i ni alw mewn siop yn y stryd fawr. Roedd gen i ofn agor drws y tŷ. Ro'n i'n ofni gweld cymylau o chwain yn neidio ata i, yn sgrechian: 'Swper! Rŵan!' Dei agorodd y drws. Cerddodd HRH heibio iddo fo a'i thrwyn a'i chynffon yn yr awyr. Edrychodd Dei arna i, yna ar HRH.

'Gad i ni weld,' meddai fo, ac estyn amdani hi. Chwiliodd o yn y blew am ychydig, ac yna neidiodd rhywbeth bach tywyll i'r awyr. Roedd Dei fel mellten. Daliodd o'r peth bach tywyll.

---

budr (GC)	*brwnt*	*sgrechian*	to scream
cosi	to itch	*cynffon (eb)*	tail
tyrd (GC)	*dere (DC)*	*gad i ni weld*	let's see
addo	to promise	*estyn*	to reach
ar unrhyw gyfrif	on any account	*blew*	fur
gwallgof	mad	*mellten (eb)*	thunderbolt

'*Aha!* Dyma ni, Blodwen! Chwannen!' Estynnodd o'r peth i mi, ond do'n i ddim isio edrych. Ro'n i'n teimlo'n sâl. Es i allan i'r ardd, ac aeth Dei i mewn i'r tŷ.

Fy arwr. Daeth o yn ôl allan efo dau baned – yn llawn o siwgr eto.

'Paid â mynd i'r lolfa am ddwy awr,' meddai fo, 'wedyn agor y ffenestri i gyd, a hwfra bopeth.'

'Be rwyt ti wedi ei wneud?' gofynnais i.

'Lladd y chwain,' gwenodd o.

'O. Diolch. Ond beth ydw i i fod i'w wneud am ddwy awr?'

Edrychodd Dei o'i gwmpas.

'Be am wneud ychydig o chwynnu . . .?' meddai fo.

'Chwynnu?'

'Ie, chwynnu ydi *to weed* a chwyn ydi'r rhain . . .' meddai fo, gan bwyntio at fy ngardd.

'O. Ro'n i'n meddwl mai blodau o'n nhw.'

'Na, Blodwen.'

'O diar,' meddwn i'n drist, 'chwain a chwyn . . .'

'Ia.'

'Mae fy mywyd i'n *complete mess*, Dei.'

'Llanast llwyr.'

'Beth?'

'Llanast llwyr ydi *complete mess* yn Gymraeg! Dw i ddim yn deud mai llanast llwyr wyt ti.'

'Ond mae'n wir.'

'Nac ydi. Anghofia am Hywel. Cei di ddyn gwell cyn i ti droi rownd.'

'Hy.'

'Ac mae gen ti dŷ bach del . . .'

---

chwannen (*eb*)	flea	*lolfa* (*eb*)	lounge
arwr (*eg*)	hero	*chwyn* (*ll*)	weeds

'Sy'n llawn o chwain . . .'

'Oedd yn llawn o chwain . . . ac mae gen ti swydd dda, ac rwyt ti'n dda yn dy swydd.'

'Ydw i?'

'Wyt! Mae pawb yn deud pa mor glên a pharod i helpu wyt ti, wrth dy fodd yn siarad am lyfrau a bob amser yn gwenu . . .'

'Ydw i?'

'Wyt, fel giât – cofio?'

'O, ia . . .'

Gwenodd Dei arna i, a gwenais i yn ôl.

'Dei,' meddwn i, 'dylet ti fod yn seiciatrydd, nid dyn llyfrgell deithiol.'

Gwenodd Dei – fel giât – ond ddwedodd o ddim byd.

Helpodd o fi i chwynnu am hanner awr, yna edrychodd ar ei wats.

'Argian! Sbia faint o'r gloch ydi hi! Bydd y wraig yn fy mlingo i!'

'Dy flingo di?'

'Sginio fi – yn fyw! Mae swper wastad ar y bwrdd ar y dot. Gwell i mi fynd. Pob hwyl efo'r hwfro . . .' A rhedodd o i ffwrdd fel dyn hanner ei oed.

Meddyliais i am ei fywyd efo'i wraig. Hi'n gwneud bwyd iddo fo, fo'n mynd adref – ar y dot, sws iddi hi, eistedd wrth y bwrdd, a'r ddau'n gwenu ar ei gilydd dros eu pastai cartref, a'r llysiau o'r ardd.

Ochneidiais i. Fasai Hywel ddim yn tyfu llysiau i mi, a faswn i ddim yn gwneud pastai iddo fo. Wel . . . gallwn i wneud un iddo fo, a rhoi arsenig yn y grefi.

---

clên	affable	*wastad*	always
argian	good heavens	*sws* (*egb*)	kiss
sbia (*GC*)	*edrycha*	*pastai cartref*	home-made pie

Troais i yn ôl at y chwynnu. Roedd gen i fwy o chwyn na blodau, ac roedd y malwod wedi bwyta darnau mawr o'r blodau. Chwain a chwyn yn poeni Blodwen a'i blodau. Mae o bron fel barddoniaeth.

Ar ôl dwy awr, gwisgais i fy welintyns ac es i i mewn i'r lolfa – yn ofalus. Agorais i'r ffenestri. Edrychais i o gwmpas, yn disgwyl gweld chwain wedi marw ar y carped, ond welais i ddim byd. Tynnais i'r hwfyr allan, a dechrau hwfro… Dim un chwannen. Codais i'r mat bach, i hwfro odano fo. Ro'n i'n hwfro'n hapus, pan welais i rywbeth yn neidio. Edrychais i ar fy welintyns – roedd chwain drostyn nhw i gyd. Roedd y chwain yn neidio! Sgrechiais i, taflu'r hwfyr, a rhedeg allan i'r ardd. Tynnais i fy welintyns a'u taflu'n wyllt.

Clywais i sŵn od, a rhywun yn gweiddi. O na. Es i i guddio yn y sièd.

Drwy'r twll yn y pren, gwelais i rywun yn dod i'r ardd – coesau dyn, a fy welintyn chwith yn ei law. Caeais i fy llygaid, yna:

'Blodwen? Be ti'n ei wneud?' Hywel oedd o. Troais i'n araf. Roedd o yn nrws y sièd yn edrych yn od arna i. Codais i ar fy nhraed.

'Ym . . .'

'Dw i wedi clywed am *hell hath no fury like* . . . ond . . . taflu welintyn ata i?'

'Do'n i ddim yn ceisio . . .'

'O. Pam rwyt ti'n cuddio, 'te?'

'Ym . . .' Roedd fy nhafod wedi rhewi. Ro'n i fel tomato. Edrychodd o arna i fel athro'n edrych ar ferch fach chwech oed.

---

malwod (*ll*)	snails	*cuddio*	to hide
darnau (*ll*)	parts		

'Do'n i ddim yn ceisio dy daro di, Hywel. Do'n i ddim yn gwybod lle taflais i nhw.'

'Hobi newydd, ia? Taflu welintyns . . .?'

'Paid â bod yn wirion.'

'Pwy sy'n wirion? Tarodd o fi ar fy mhen, Blodwen! Ac roedd o'n blydi wel yn brifo hefyd!'

'Mae'n ddrwg gen i . . .'

'Oes gen ti syniad pa mor beryglus ydi taflu welintyns fel yna?'

'Mae'n ddrwg gen i.'

'Gallet ti fod wedi taro plentyn bach!'

'Hywel! Sori – iawn?' Ro'n i'n dechrau gwylltio. Roedd o mor . . . beth oedd *arrogant*? Ie – ffroenuchel. Edrychodd o arna i'n syn. Do'n i ddim wedi gweiddi arno fo o'r blaen. Wedi taflu peint drosto fo, do, ond dyma'r tro cyntaf i mi weiddi.

'Hywel, gwranda,' meddwn i, 'do'n i ddim yn ceisio taro neb, ro'n i jest isio tynnu fy welintyns, iawn?'

'Dw i ddim wedi gweld neb yn tynnu welintyns fel yna o'r blaen.'

'Ro'n i ar frys.'

'Pam?'

'Achos . . .' Rhewais i. Do'n i ddim isio dweud wrtho fo am y chwain.

'. . . achos . . . ym . . . dw i ddim yn cofio.'

Roedd o'n edrych arna i'n od iawn iawn rŵan.

'Blodwen? Wyt ti'n cymryd cyffuriau?'

Beth? Roedd fy ngheg i fel ceg pysgodyn aur.

'Beth? Cyffuriau? Fi?'

---

gwylltio	to get angry	*cyffuriau*	drugs
yn syn	surprised	*pysgodyn aur*	goldfish
ar frys	in a hurry		

'Ie. Os nad wyt ti'n cymryd cyffuriau, mae angen help arnot ti.'

Roedd fy ngheg i fel ceg morfil rŵan. Wel, pysgodyn aur mawr iawn, efallai.

'Dw i ddim yn cymryd cyffuriau,' meddwn i'n araf, 'dw i ddim angen help, a dw i ddim dy angen di!'

'Does dim angen gweiddi, Blodwen.'

'Oes! Beth rwyt ti ei isio yma beth bynnag?'

'Dim!' Roedd o'n gweiddi rŵan hefyd. 'Dw i ddim isio unrhyw beth! Mam ofynnodd i mi ddod achos dy blydi Blodeuwedd di!'

'Paid â rhegi ar Blodeuwedd! Beth sy'n bod efo hi?'

'Mae hi fel ei pherchennog, yn wallgof!'

(Roedd hyn yn mynd yn rhy bell. Roedd hyn yn mynd yn rhy bersonol.

Penderfynais i fod angen i mi drafod yn aeddfed.)

'Hy! Dw i ddim yn wallgof! Ti sy'n wallgof, yn mynd efo . . . efo . . . tramp!'

(Weithiau, mae hi'n anodd bod yn aeddfed.)

'Tramp?' ffrwydrodd Hywel. 'O'n, ro'n i'n wallgof yn mynd efo ti!'

'Dw i ddim yn dramp!' ffrwydrais i yn ôl.

'Ond ti'n gwisgo fel un! Un tew hefyd!!' gwaeddodd Hywel, a thaflu fy welintyn ar y llawr. Ro'n i'n fud. Roedden ni'n dau yn goch ac yn edrych yn flin ar ein gilydd fel dau geiliog. Pam oedd rhaid i mi wisgo fy sgert goch hir a fy *love beads* heddiw? A dw i ddim yn dew. Esgyrn mawr sydd gen i. Anadlais i'n ddwfn.

---

morfil (*eg*)	whale	*ffrwydro*	to explode
gweiddi (*gwaedd-*)	to shout	*mud*	speechless
rhegi	to swear	*ceiliog* (*eg*)	cock
perchennog (*eg*)	owner	*esgyrn* (*ll*)	bones
aeddfed	mature	*anadlu*	to breathe

'Hywel . . . rwyt ti'n . . . ti'n *high-nostrilled pillock*!'

'Be?'

'Na . . . *pillock* ffroenuchel!'

'And your Welsh is pathetic! No, it's worse than that – it's crap!!'

Roedd hynny'n brifo. Mae fy Nghymraeg i wedi gwella. Dw i wedi bod yn gweithio'n galed iawn arno fo. Penderfynais i fod angen i mi fod yn aeddfed eto.

'Hywel . . . dwed be sy'n bod efo Blodeuwedd, wedyn dos – dw i byth isio dy weld ti eto.'

'Iawn. *Fine by me. Your stupid goat got through the fence, ate all my mam's lupins, then got into the house and ate a chunk out of the sofa! That goat is not normal* – a 'dan ni ddim isio hi acw! Mae hi yn y picyp. Dw i'n mynd i'w nôl hi, ei rhoi hi i ti, ac wedyn dw i'n mynd. Iawn?'

'Iawn!'

A rŵan dw i yn y gegin. Dydi'r hwfyr ddim yn gweithio ar ôl i mi ei daflu, ac mae Blodeuwedd yn yr ardd yn bwyta'r blodau. Pam dydi hi ddim yn bwyta'r chwyn?

Roedd heddiw yn ddiwrnod ofnadwy. Beth ydi *complete failure*? Dyma ni – dw i'n teimlo fel methiant llwyr – a thew. A dw i'n casáu Hywel. Ond dw i'n siŵr fy mod i wedi gweld rhywbeth bach yn neidio yn ei wallt wrth iddo fo fynd. Ha ha.

Gorffennaf 2ail Dydd Mawrth

Ble mae fy welintyn arall i?

---

dos (*GC*) *cer* (*DC*)

Gorffennaf 3ydd Dydd Mercher Bore

Dw i'n mynd ar ddeiet. Dw i'n dechrau yfory. Ond mae gen i rewgell yn llawn o fwyd neis iawn, felly af i ar ddeiet ar ôl bwyta hwnnw heno. Dw i wedi gwylltio'n ofnadwy efo Hywel. Galw fi'n dew? Galw fi'n dramp? Hy!

Gwers Gymraeg heno, a dw i wedi anghofio gwneud fy ngwaith cartref. A dweud y gwir, dw i ddim yn cofio beth oedd o.

Dw i wedi darganfod fy nodiadau o'r wers Gymraeg. Ro'n i i fod i ddarllen nofel Gymraeg a pharatoi sgwrs amdani hi. O diar. Dw i'n gweithio mewn llyfrgell a dw i ddim wedi darllen llyfr Cymraeg ers *Perygl yn Sbaen*. A llyfr dosbarth oedd hwnnw. Bydd rhaid i fi ddewis llyfr y bore 'ma a pharatoi'r sgwrs amser cinio.

Gorffennaf 3ydd Nos

Roedd y llyfrgell yn llawn drwy'r dydd! *Typical!* Ches i ddim amser i ddewis yn iawn, ond ro'n i wedi clywed bod rhywun wedi sgwennu llyfr am lyfrgellydd: *O'r Canol i Lawr.* Emyr Huws Jones ydi'r awdur. Felly cymerais i hwnnw a cheisio ei ddarllen yn sydyn iawn iawn amser cinio. Roedd yr iaith a'r arddull yn anodd, ond dw i'n meddwl fy mod i wedi cael y *gist*. Wel, os ydi ychydig o'r dechrau a'r ddwy dudalen olaf yn rhoi'r *gist*. Be ydi *gist* yn Gymraeg, beth bynnag? O. Mae tri dewis: hanfod, swm, sylwedd. Iawn. Dw i'n meddwl fy mod i wedi cael hanfod, swm a sylwedd y llyfr. *(Not necessarily in that order.)*

---

rhewgell (eb)	freezer	*nodiadau (ll)*	notes
darganfod	to discover	*arddull (ebg)*	style

Dyn ydi'r llyfrgellydd: Emlyn Finch, a dydi o ddim yn hapus yn gweithio yn y llyfrgell. (O, helô!) Ac un diwrnod mae'n cael ffrwgwd efo tramp. (Helô eto . . . dyma'r llyfr i mi . . .) Do'n i ddim yn gwybod beth oedd ffrwgwd, felly gofynnais i i Gwen. Doedd hi ddim yn gwybod chwaith. Dw i'n dechrau gweld rŵan pam mae hi'n siarad Saesneg efo fi . . . diddorol.

Ond roedd Mr Edwards yn gwybod:

'Ffeit, Blodwen!' meddai fo. 'Fel ces i efo'r lleidr bach 'na!'

'O ie, diolch, Mr Edwards,' meddwn i. Mae Mr Edwards yn siarad am y ffrwgwd hwnnw rhyngddo fo a dyn oedd yn ceisio dwyn CDs bob tro mae o'n dod i'r llyfrgell. Dw i ddim yn meddwl bod gynno fo fywyd diddorol iawn.

Beth bynnag, yn y wers, dyma be ddwedais i am y llyfr. Mae Emlyn Finch yn llyfrgellydd, a dydi o ddim yn hapus efo'i fywyd. Ac un diwrnod mae'n cael ffrwgwd efo tramp. Mae ei fywyd yn newid ar ôl hyn; mae'n colli ei swydd, mae'n yfed llawer yn y dafarn, mae'n gorffen efo'i gariad Elaine, sy'n siarad am soffas o hyd, mae'n cael ffling efo Maureen y llyfrgellydd plant, ac mae'n cael swydd mewn iard gychod. Wedyn mae'n dyweddïo efo Elaine ac yn prynu soffa, ac yn gweld y tramp eto. Ac mae llawer iawn o regi yn y llyfr.

Roedd Andrew isio ei ddarllen yn syth pan ddwedais i hynny.

'Da iawn, Blodwen,' meddai Menna. 'Ddewisaist ti'r llyfr achos y llyfrgell?'

---

lleidr (*eg*)	thief	*dyweddïo*	to get engaged
iard gychod	boat yard		

'Do. Roedd hi'n brysur iawn yno.'

'Na, meddwl am y pwnc ro'n i – bod Emlyn yn llyfrgellydd – fel ti.'

'O. Ia, a hynny.'

'Gest ti hwyl yn ei ddarllen?'

'Do, diolch,' meddwn i. (Ces i 5 munud yn y tŷ bach efo fo a chollais i goffi dros dudalen 33 amser cinio.)

'A be rwyt ti'n ei feddwl ohono fo?' gofynnodd Menna.

'Mae'n gredadwy,' meddwn i'n gyflym, 'yn ddychanol ac yn hynod o ddoniol.'

(Dyna be mae'n ei ddweud ar y cefn, ac ro'n i wedi ei ddysgu.)

'O!' meddai Menna. Roedd hi'n amlwg yn *impressed.* (Beth ydi hynny yn Gymraeg?) Mae'r geiriadur yma mor drwm, bydd gen i gyhyrau fel Arnold Schwarzenegger erbyn i mi orffen y dyddiadur yma. Dyma fo . . . yn llawn edmygedd.

Roedd Menna yn amlwg yn llawn edmygedd. Roedd gweddill y dosbarth hefyd.

'Blimey, Blodwen!' meddai Andrew. 'Wyt ti wedi llyncu geiriadur?'

'O, Andrew!' meddai Jean, 'dydi hi ddim mor dew â hynny!'

Tawelwch. Edrychodd pawb ar Jean.

'Beth?' gofynnodd hi.

'Ddim dyna o'n i'n ei feddwl, Jean,' eglurodd Andrew yn dawel. 'Rwyt ti'n dweud llyncu geiriadur pan fydd rhywun yn defnyddio geiriau mawr, hir.'

---

credadwy	believable	*cyhyrau (ll)*	muscles
dychanol	satirical	*edmygedd (eg)*	admiration
hynod o ddoniol	incredibly funny	*llyncu*	to swallow

'Dw i'n gwybod. Jôc oedd o,' dwedodd Jean.

Doniol iawn. Ro'n i'n teimlo'n dew ac ro'n i'n goch.

'Beth bynnag,' meddai Jean wedyn, 'darllen cefn y llyfr mae hi!'

Rats. Roedd hi wedi gweld cefn y llyfr. Es i'n goch iawn iawn.

Ffoniodd Mam heno. Roedd hi wedi gweld Auntie Grace, oedd wedi fy ngweld i yn Browns of Chester bythefnos yn ôl. Roedd hi wedi dweud wrth Mam fy mod i'n edrych yn dda, felly mae Mam yn mynd i anfon taflen Weight Watchers ata i. Hy! Ond roedd hi'n falch o glywed fy mod i'n siopa yn Browns. '*I hope you bought something decent, and that you've finally grown out of that silly hippy stage.*' Wnes i ddim dweud mai dim ond pasio drwy Browns o'n i. Dw i'n hoffi fy nillad – maen nhw'n gyfforddus.

Gorffennaf 4ydd

Dw i'n teimlo'n sâl. Sylweddolais i fod bwyta popeth neithiwr yn syniad dwl. Ond wnes i ddim sylweddoli hyn nes i mi orffen y *fromage frais* (braster llawn), y Brie, y *crème caramel* a hanner y bara brith. O, a'r paflofa. Dw i wedi rhoi popeth arall i Blodeuwedd. Ond mae'r deiet wedi mynd yn dda heddiw. Dw i wedi teimlo'n rhy sâl i fwyta dim.

Gwelais i Dei y bore 'ma.

'Sut mae'r broblem?' gofynnodd o'n dawel. (Roedd Gwen wrth ymyl.)

'Pa broblem? Mae gen i lawer o broblemau,' atebais i.

---

dwl	crazy	*braster llawn*	full fat

'Yr un . . . ym, yr un efo'r gath . . .'

'O! Wedi marw . . .' meddwn i.

'*Oh, your cat died?*' gofynnodd Gwen. Mae gynni hi glustiau fel eliffant.

'Na!' meddwn i.

'*Who died then?*'

'Mam y gath,' atebodd Dei. Ces i winc gynno fo, ac i ffwrdd â fo.

Edrychodd Gwen yn drist arna i.

'*High time he retired,*' meddai hi, '*he's going senile.*'

Ar ôl cinio, daeth dyn bach blin ata i. Dw i ddim yn gwybod ei enw, ond mae o yn yr ystafell ddarllen bron bob dydd. Mae'n hawdd gwybod ei fod o yno achos y sŵn. Mae'n tagu bob pum munud, ar y dot. Dw i'n gwybod, mae Mr Edwards wedi ei amseru o. Mae'n sŵn uchel a hyll iawn, rhywbeth fel injan tractor neu ddafad. (Dach chi wedi clywed dafad yn tagu ar noson dywyll? Mae'n ddigon i roi trawiad calon i chi.) Mae'r dyn yma'n gyrru Mr Edwards yn wallgof. Wel, mae'n gyrru pawb yn wallgof, ond beth allwn ni ei wneud? Efallai fod gynno fo afiechyd ofnadwy sy'n gwneud iddo fo dagu fel yna bob pum munud. Nid ei fai o ydi o.

Beth bynnag, daeth Mr Tagu ata i.

'Esgusodwch fi, dw i isio gwneud cwyn,' meddai fo.

'Cwyn? O, mae'n ddrwg gen i. Beth sy'n bod?' gofynnais i iddo fo.

'Mae papurau newydd yn hirsgwar . . .' meddai fo'n uchel.

'Ydyn, fel arfer,' meddwn i'n dawel.

---

tagu	to choke	*cwyn (egb)*	complaint
trawiad calon	heart attack	*hirsgwar*	rectangular
afiechyd (eg)	illness		

'Ond mae eich byrddau chi'n grwn,' meddai fo wedyn.

'Wel . . . ydyn,' atebais i.

'Mae'r peth yn hurt!'

'Mae'n ddrwg gen i? Beth sy'n hurt?'

'Disgwyl i ni ddarllen papurau hirsgwar ar fyrddau crwn!' gwaeddodd o.

'Ym . . .' Do'n i ddim yn gwybod beth i'w ddweud.

'Dach chi ddim yn gwybod beth i'w ddweud, dach chi?' meddai fo.

'Wel . . .'

'Wel, dw i isio gwneud cwyn. A dw i'n gweld nad ydach chi'n mynd i helpu, felly dw i'n mynd at y top. Dw i'n mynd i sgwennu at y Cyngor Sir i ddweud bod hyn yn hurt.'

'Ydi . . . mae o.'

'Dach chi'n gwenu, madam?'

'Fi? Nac ydw, syr.'

'Iawn, achos dydi o ddim yn ddoniol o gwbl.'

'Nac ydi, ddim o gwbl.'

Ac i ffwrdd â fo. Rhyfedd . . . dydi o ddim yn tagu pan mae o'n siarad. Ond ar ôl iddo fo fynd, tagais i am hir, nes i mi grio.

Gorffennaf 9fed Dydd Mawrth

Dw i'n casáu bod ar ddeiet. Mae o mor ddiflas. Ces i wy wedi ei ferwi i frecwast, brechdan letys a chaws bwthyn i ginio, a chawl (heb hufen) i swper. A rŵan dw i'n cael oren i bwdin. Dw i wedi ei rannu o'n 30 darn, a dw i'n gwneud i bob darn barhau 5 munud.

---

byrddau (ll)	tables	*hurt*	stupid
crwn	round		

Dw i wedi penderfynu bod ymarfer corff yn well syniad. Dw i'n mynd i ddechrau rŵan.

Hanner awr wedyn:

Ar ôl deuddeg *sit-up*, roedd fy mol yn brifo, a do'n i ddim yn gallu cofio am ymarfer arall, dim ond *press-ups* a dw i ddim yn gallu'u gwneud nhw. Ac ro'n i isio bwyd. Felly ces i fanana ar dost. Ac oren arall. O leiaf dw i'n cael digon o fitamin C.

Dw i newydd edrych yn y geiriadur i weld beth ydi *sit-up* a *press-up*. Dydi o ddim yn dweud beth ydi *sit-up* (wel, mae'n dweud eistedd i fyny ond dydi hynny ddim yr un peth, nac ydi?), ond ymwthiad ydi *press-up*. Ymwthiad?

Mae'n swnio braidd yn . . . wel . . . rhywiol, i mi.

Mae hynny'n fy atgoffa: dw i ddim wedi gwneud hynny ers talwm chwaith.

Gorffennaf 10fed Dydd Mercher

Diwrnod poeth iawn. 'Diwrnod chwilboeth,' meddai Dei. Dw i'n hoffi'r gair yna. Chwilboeth: poeth ofnadwy, mor boeth mae pobl yn meddwi ar y gwres!

Mae pawb yn gwisgo siorts a thopiau bach bach. Hyd yn oed pobl sydd ddim yn fach o gwbl – fel Brenda. Dw i ddim yn deall hyn. Mae pobl fel Brenda'n poeni os dŷn nhw'n edrych yn dew drwy'r amser, ond pan mae'r haul yn dod allan maen nhw'n gwisgo pethau sy'n cuddio dim. Wedyn mae hi'n hollol amlwg eu bod nhw'n dew. Ydyn nhw'n credu bod croen coch yn edrych yn denau?

Dw i ddim yn dew: esgyrn mawr sydd gen i, ond dw i ddim yn gwisgo siorts i fynd i siopa. Dw i'n gwisgo

---

rhywiol sexual

sgert neu drowsus hir, llac, wedyn dw i'n dangos fy nghoesau yn yr ardd – i Blodeuwedd a HRH. Mae Mam bob amser yn dweud: '*A woman should keep her allure* . . .' a dw i'n cytuno. Dw i ddim isio gweld cnawd (dw i'n hoffi'r gair yna) noeth yn y stryd. Mae'n iawn ar lan y môr ond nid yn y siop ffrwythau, ac nid pan dw i isio prynu *yoghurt.* Dw i ddim isio gweld cnawd noeth neb. (Wel . . . basai dyn cyhyrog yn fy ngwely i'n neis. *Dream on,* Blodwen.) Mae gweld merch â choesau siapus yn gwneud i mi deimlo'n sâl hefyd. Sâl efo cenfigen. Mae gan y ferch oedd efo Hywel goesau da, dammit. A dydi hi ddim yn dew o gwbl. Gwelais i hi yn y fferyllfa heddiw; roedd hi'n gwisgo top oedd yn dangos ei botwm bol. Mae hi wedi rhoi styd ynddo fo. Felly rŵan mae gynni hi ddau styd. Ast.

Taswn i'n cael styd yn fy motwm bol, fasai neb yn gweld y styd eto. Fasen nhw ddim yn gallu dod o hyd iddo fo. Ha ha. Jôc. Dw i ddim yn dew.

Dw i isio gwyliau. Mae gen i bythefnos i'w gymryd ym mis Awst, ond dw i ddim yn gwybod lle i fynd. Ro'n i wedi gobeithio mynd i rywle rhamantus efo Hywel, ond dwedodd o fod hynny'n amhosib – dydi ffermwyr byth yn cael gwyliau, ac mae mis Awst yn amhosib i ffermwyr, beth bynnag – dyna pryd maen nhw'n hel gwair. Dw i'n meddwl nad oedd o isio mynd ar wyliau efo fi. Mae'n siŵr bod blonden ifanc â styd botwm bol yn edrych yn well wrth ei ochr ar y traeth na *brunette* 30-rhywbeth (iawn, bron yn 40) llawn *cellulite* a *thread veins* – a chrachod chwain.

---

cnawd (eg)	flesh	*cenfigen (eb)*	jealousy
noeth	bare	*hel gwair*	to make hay
cyhyrog	muscular	*blonden (eb)*	blonde

Canol y bore, cofiais i fy mod i heb wneud *sit-ups* amser brecwast. Felly es i i'r tŷ bach anabl a gwneud deuddeg *sit-up* yno. Roedd hi'n anodd iawn. Yn anffodus, gwelodd Gwen fi'n dod allan. Edrychodd hi'n od arna i.

'*What on earth have you been doing in there?*'

'Fi? Dim byd, pam?'

'O. Dim.' Edrychodd hi'n od arna i eto, a mynd. Es i yn ôl i'r tŷ bach ac edrych yn y drych. Ro'n i'n goch ac yn chwysu. Ac wedyn sylweddolais i: ro'n i siŵr o fod yn gwneud sŵn rhyfedd iawn. O, na . . . mae Gwen yn siŵr o feddwl bod gen i broblem fach . . .

Roedd y wers Gymraeg heno yn ddiflas. Roedd Menna wedi gofyn i hanesydd lleol ddod i sgwrsio efo ni. Ond chawson ni ddim sgwrs, dim ond araith – am awr. Araith hir, ddiflas, a doedd gan y dyn ddim hiwmor. Syrthiodd Andrew i gysgu, a phan ddechreuodd o chwyrnu, cawson ni gyd y *giggles* (dim syniad beth ydi hynny yn Gymraeg). Roedd Menna mor flin efo ni. Ond hi ofynnodd i'r dyn diflas ddod i siarad, felly ei bai hi oedd o.

O! Bron i mi anghofio! Daeth Mr Jones y llyfrgellydd bro i fy ngweld i heddiw.

'Blodwen,' meddai fo, 'mae gen i swydd newydd i ti! Swydd dros dro ar y llyfrgell deithiol!'

'Y llyfrgell deithiol? Y fan? Dach chi isio i mi yrru'r fan?'

---

anabl	disabled	*syrthio*	to fall
drych (eg)	mirror	*chwyrnu*	to snore
chwysu	to sweat	*llyfrgellydd bro*	district librarian
hanesydd (eg)	historian	*dros dro*	temporary
araith (eb)	lecture		

'Na, na . . . mynd ar y fan efo Dei, fel *Reader in Residence* – i helpu pobl i ddewis llyfrau, trafod llyfrau, eu hannog i ehangu eu hamrediad darllen.'

'Mae'n ddrwg gen i . . . eu hannog i beth?'

'*Expand their horizons,* Blodwen!'

'Fi!'

'Dim byd fel 'na, Blodwen,' chwarddodd o, 'dim ond eu harferion darllen!'

Am beth roedd o'n siarad?

'Rwyt ti'n gwybod,' meddai fo. 'Cael y merched sy'n darllen dim byd ond rhamant, i roi cynnig ar rywbeth arall, a chael y dynion sy'n darllen dim byd ond Wilbur Smith, i roi cynnig ar . . . ym . . .'

'Hemingway?' meddwn i'n syth.

'Ia! Ro'n i'n gwybod mai ti oedd yr un i'r swydd! Llongyfarchiadau, Blodwen – rwyt ti'n dechrau dydd Llun! Tri diwrnod yr wythnos . . .' Ac i ffwrdd â fo.

Troais i at Gwen. Doedd hi ddim yn hapus.

'Wel,' meddai hi'n sych, '*I might actually manage to get this place nice and tidy now*.'

Buwch.

Dydd Llun? Dw i'n edrych ymlaen!

Gorffennaf 15fed Dydd Llun

Ces i hwyl ar y fan efo Dei. Mae'r fan mor uchel – ro'n i'n gallu gweld pethau dw i ddim yn gallu eu gweld yn y car: tai hyfryd dw i erioed wedi eu gweld o'r blaen, afonydd, y môr . . . roedd hi'n hyfryd! A bob tro roedden ni'n cyfarfod bws neu lori gyngor, roedd Dei yn codi llaw ar y gyrrwr.

---

annog to encourage *rhoi cynnig ar* to try

‘Wyt ti’n eu nabod nhw?’ gofynnais i iddo fo.

‘Nac ydw, dim ond *etiquette* y ffordd ydi o,’ meddai fo. Ro’n i’n hoffi hynny. Mae’r fan yn llydan iawn, a’r ffyrdd yn gul, a phan oedd bws yn ein cyfarfod ar gornel, ro’n i’n cau fy llygaid. Ond roedd Dei yn yrrwr da.

‘Wyt ti wedi cael damwain erioed?’ gofynnais i.

‘Nac ydw, dim ond ambell sgriffiad,’ atebodd o. ‘Mae loris a bysus eraill yn iawn, maen nhw bob amser yn gyrru’n dda. Gyrwyr ceir a cherddwyr *kamikaze* ydi’r broblem – edrych!’ Roedd dyn ifanc newydd gamu allan o’i flaen. Breciodd Dei ac ysgwyd ei ben. Doedd y dyn ddim wedi sylwi bod Dei wedi gorfod brecio.

‘Dw i ddim yn deall,’ meddai Dei, ‘mae hyn yn digwydd yn aml. Ydy’r fan fawr frown yma’n anodd ei gweld neu rywbeth?’

‘Wel . . . mae llawer o goed yma,’ meddwn i. ‘Efallai y dylet ti ei phaentio hi mewn lliw arall.’

‘Ia, coch a streipiau melyn fasai’n neis . . .’

‘Ia. A beth am gael cerddoriaeth fel fan hufen iâ, i bobl gael gwybod dy fod ti wedi cyrraedd?’

‘Hei! Dyna syniad da!’

Mae’r fan yn swnllyd iawn, a dydi hi ddim yn gallu mynd yn gyflym; 50 milltir yr awr ar y mwyaf. A dw i’n hoffi’r *windscreen wipers*. Maen nhw’n rhyfedd iawn; dŷn nhw ddim yn gweithio ar yr un cyflymder. Mae’r un chwith yn llawer mwy cyflym na’r un dde, a phob pum munud maen nhw’n cyfarfod yn y canol efo clec ofnadwy.

---

llydan	wide	*ysgwyd*	to shake
cul	narrow	*gorfod*	to have to
ambell sgriffiad	the odd scratch	*clec* (*eb*)	crack, snap
camu	to step		

'Pam dwyt ti ddim yn eu trwsio nhw, Dei?' gofynnais i iddo fo.

'I beth? Mae'n hwyl aros am y glec,' meddai fo.

Edrychais i ar y llanast oedd gynno fo ym mlaen y fan: hen bapurau siocled, llyfr *Trivial Pursuits* a map o Brydain Fawr . . .

'Dei?' gofynnais i. 'Wyt ti'n nabod yr ardal yma?'

'Fel cefn fy llaw,' meddai fo. 'Pam?'

'Pam rwyt ti isio map os wyt ti'n nabod yr ardal mor dda?'

'O . . . mae pobl o hyd yn stopio i ofyn y ffordd i rywle, neu i ofyn lle mae rhywbeth, felly mae'r map yn ddefnyddiol iawn i ddangos iddyn nhw. Fi ydi *reference section* y fan!'

'O. Pam y *Trivial Pursuits*, 'te?'

'Rhywbeth i'w wneud pan fydd hi'n dawel. Ac mae pobl yn disgwyl i mi wybod popeth.'

'O.'

'Ond fel rwyt ti'n gwybod, nid llyfrgellydd ydw i, ond dyn HGVs. Dw i'n gwybod tipyn am injans ond dim byd am beth oedd yn gyrru Kate Roberts . . .'

'Dw i ddim yn gwybod llawer amdani hi, chwaith . . .'

'Dw i'n siŵr dy fod ti. Ew, bydd hi'n braf cael rhywun sy'n deall llyfrau i ateb yr holl gwestiynau dw i'n eu cael.'

O diar. Ro'n i'n dechrau teimlo'n nerfus.

Roedden ni wedi cyrraedd y pentref cyntaf. Tynnodd Dei i mewn i faes parcio wrth ymyl y toiledau cyhoeddus.

'Does dim tŷ bach ar y fan,' meddai fo â winc.

---

trwsio	to repair	*cyhoeddus*	public
wrth ymyl	close to		

Agorodd y drws, ac mewn dau funud roedd y fan yn siglo wrth i bobl ddringo i mewn. Ro'n i'n teimlo'n . . . beth ydi *sea-sick*? – o, sâl môr.

'Helô, Dei, sut dach chi?' gofynnodd un hen ŵr.

'Dal i gredu, Mr Evans,' atebodd Dei.

Edrychodd y gŵr arna i.

'Be ydi hon, eich bit o fflyff?'

Chwarddodd Dei.

'Dim ond yn fy mreuddwydion, Mr Evans! Blodwen ydi hon, llyfrgellydd go iawn.'

Ro'n i'n goch. Bit o fflyff?

'O,' meddai Mr Evans efo diddordeb, 'o'r diwedd! Rhywun swyddogol. Dw i isio cwyno! Mae'r silff waelod acw'n rhy isel i hen bobl fel fi.'

'Mae'n ddrwg gen i, ond . . .' meddwn i, ond ches i ddim cyfle i orffen.

''Dan ni ddim yn gallu plygu lawr ati hi!' meddai Mr Evans. 'Mae'r peth yn wirion!'

Edrychais i ar y silff. Roedd o'n iawn, wrth gwrs.

'Ac mae'r diawl bach yma'n mynnu rhoi'r llyfrau gorau i gyd ar y silff waelod, jest i fy ngwylltio i!' meddai fo, gan bwyntio at Dei.

'Dw i ddim isio i chi gael eich dwylo budr ar y llyfrau newydd,' atebodd Dei.

Ro'n i wedi drysu. Dw i byth yn deall sgwrs dynion. Maen nhw'n dweud pethau cas wrth ei gilydd o hyd, a dw i byth yn gwybod a ydyn nhw o ddifrif. Dydi merched ddim yn dweud pethau cas wrth ei gilydd fel

---

siglo	to shake	*cyfle* (*eg*)	opportunity
chwerthin (*chwardd-*)	to laugh	*plygu*	to bend
swyddogol	official	*mynnu*	to insist
gwaelod (*eg*)	bottom	*drysu*	to be confused
acw	over there	*o ddifrif*	serious

yna, wel, dim fel jôc. Os ydi merch yn dweud pethau cas wrth ferch arall, mae hi o ddifrif. Beth bynnag, roedd Dei'n chwerthin a Mr Evans yn hanner gwenu, felly dw i'n meddwl mai tynnu coes roedden nhw.

'Dydi Blodwen ddim yn gallu helpu efo silffoedd,' eglurodd Dei. 'Yma i'ch helpu chi ddewis llyfrau mae hi.'

'Iawn!' meddai Mr Evans yn syth. 'Dw i isio cwyno am hynny hefyd!'

O, na . . .

'Mae'r llyfrau 'ma i gyd wedi eu sgwennu gan ferched,' meddai Mr Evans yn chwyrn, 'a dw i ddim isio darllen stwff merched! Mae llawer o ferched a gormod o amser ar eu dwylo – ac ar y pil mae'r bai!'

'Esgusodwch fi?' gofynnais i.

'Dŷn nhw ddim yn cael digon o fabis i'w cadw'n brysur!'

Ac yna dechreuodd Dei chwerthin nes iddo fo fod yn sâl.

Es i i siarad efo hen ddynes. (Doedd neb ifanc yno.) Roedd hi wedi dod â chwe llyfr yn ôl, un ohonyn nhw oedd *Charlotte Gray* gan Sebastian Faulks.

'O, dw i wedi darllen hwn hefyd,' meddwn i. 'Wnaethoch chi ei fwynhau o?'

'Naddo, gormod o ryw ynddo fo i mi . . .' atebodd hi cyn ychwanegu,'Mae'n dod ag atgofion yn ôl . . .'

Do'n i ddim yn gwybod beth i'w ddweud wedyn.

Ond aeth y diwrnod yn gyflym iawn; mwynheais i drafod llyfrau. Doedd rhai pobl ddim isio newid eu steil o ddarllen o gwbl, ond roedd rhai yn hapus i mi gynnig

---

yn chwyrn	gruffly	*atgofion (ll)*	memories
rhyw (egb)	sex	*cynnig*	to offer
ychwanegu	to add		

syniadau. Beth synnodd fi oedd cyn lleied o siaradwyr Cymraeg sy'n darllen llyfrau Cymraeg.

'Maen nhw'n rhy anodd/sych.'

'Dw i ddim yn deall yr iaith.'

'Sori, fedra i ddim derbyn bod *international spies* yn siarad Cymraeg . . .'

'*Romances* dw i'n eu licio, dach chi'n gweld, a dydi hi ddim yr un fath yn Gymraeg, nac ydi? Dim ond yn Saesneg gallwch chi ddeud *I love you*.'

'Ia? Ond beth am "Dw i'n dy garu di?" Dydi Cymry ddim yn dweud hynny?'

Gofynnais i i Dei ar y ffordd adref:

'Wyt ti'n dweud "Dw i'n dy garu di" neu "*I love you*" wrth dy wraig, Dei?'

'Pardwn?'

'Clywaist ti fi.'

'Do,' meddai fo'n swil. 'Ym . . . wel . . . dw i ddim yn gorfod ei ddweud o. Mae hi'n gwybod. 'Dan ni'n briod ers bron i bedwar deg mlynedd!'

'Ond beth ddwedaist ti wrthi hi cyn i chi briodi?'

'Dw i ddim yn cofio.'

'Dei!'

'Pam wyt ti'n gofyn rhywbeth mor wirion?'

Eglurais i wrtho fo am y sgwrs ges i efo'r ddynes oedd yn hoffi darllen rhamant – ond dim ond yn Saesneg.

'Wel . . .' meddai fo, ar ôl meddwl. 'Dw i'n meddwl mai effaith ffilmiau Hollywood ydi o. Saesneg oedd iaith rhamant, a iaith y capel oedd y Gymraeg.'

Do'n i ddim wedi meddwl am hynny o'r blaen.

Ond does dim pwynt i mi feddwl am glywed neb yn dweud 'Dw i'n dy garu di' mewn unrhyw iaith. Dydi hi

---

cyn lleied	how so few	*yr un fath*	the same thing

ddim yn mynd i ddigwydd i mi. Dw i ar y silff – silff isel y fan llyfrgell.

Beth bynnag, dw i'n mynd i fwynhau gweithio efo Dei. Mae o mor wahanol i Gwen.

Gorffennaf 16eg Dydd Mawrth

Diwrnod hyfryd arall! Awyr las, haul braf a phobl ddifyr iawn. A chafodd Dei a fi bicnic wrth ymyl Llyn Gwynant amser cinio. Roedd gynno fo focs mawr *tupperware* o frechdanau roedd ei wraig wedi eu gwneud iddo fo – rhai caws, cig moch, ac wy, a thri math o deisen – a chreision a siocled. Mae hi mor dda. Roedd gen i un rôl diwna drist, ac afal. Ond ces i un o deisennau Dei gynno fo. Roedd hi'n fendigedig. Roedd popeth yn fendigedig. Pwy sydd isio mynd dramor am wyliau? Mae Cymru mor hardd. Wel, pan fydd hi'n braf.

Ro'n i'n dal i wenu pan gyrhaeddais i adref – nes i mi weld Blodeuwedd yng ngardd drws nesaf. Doedd y bobl ddim gartref, diolch byth, felly rhedais i i mewn i'r ardd i nôl Blodeuwedd. Roedd hi wedi bwyta eu *delphiniums* i gyd, a'r letys. A dyna lle roedd fy welintyn arall i. Ond dyna'r unig beth da am y peth. Doedd Blodeuwedd ddim isio gadael – roedd hi wedi dechrau ar y *dahlias* – a ches i dipyn o ffeit i wneud iddi hi ddod adref. Beth ydw i'n mynd i'w wneud efo hi? Mae hanner y stryd yn fy nghasáu i achos Blodeuwedd. Roedd hi'n dianc drwy'r amser, cyn i

---

difyr	pleasant	*tramor*	abroad
math (egb)	kind	*dianc*	to escape
creision (ll)	crisps		

Hywel ei rhoi hi yn ei gae. A rŵan does gen i ddim Hywel a dim cae. Ond mae gen i Blodeuwedd. Dw i'n ei chlymu hi i bostyn yn yr ardd, ond mae hi'n dianc bob tro. Dw i ddim yn gwybod sut. Dylwn i fod wedi ei galw hi yn Houdini, nid Blodeuwedd. Mae Dei'n dweud y dylwn i brynu sièd yn arbennig iddi hi. Ond basai angen tsiaen a phadloc a ffens drydan o amgylch honno hefyd. Dw i'n meddwl y dylwn i ei gwerthu hi. Ond dw i'n teimlo'n ofnadwy. Er ei bod hi'n boen ac yn niwsans, dw i'n ei charu hi – a dw i'n meddwl bod HRH wedi dechrau dod i arfer efo hi hefyd.

Gorffennaf 17eg Dydd Mercher

Diwrnod da arall ar y fan, a gwers Gymraeg heno – gwers ddiddorol. Roedd Menna wedi casglu llyfrau, lluniau ac erthyglau am Ynys Enlli, ynys fach wrth ymyl Aberdaron. Ro'n i wedi clywed am Bardsey Island, ond do'n i ddim yn gwybod bod enw Cymraeg ar y lle.

'Do'n i ddim yn gwybod bod enw Saesneg ar y lle am flynyddoedd, chwaith!' meddai Menna.

'Mae'n *really strange* cael enwau Cymraeg a Saesneg ar leoedd yng Nghymru,' meddai Andrew.

'Ie, mae'n teimlo fel gwlad *schizophrenic*,' meddai Roy. 'Beth ydi hynny yn Gymraeg?'

'Ym . . . sgitsoffrenig, dw i'n meddwl,' meddai Menna. 'Ond ie, Roy, rwyt ti'n iawn, ac achos bod y

---

clymu	to tie	*casglu*	to collect
ffens drydan	electric fence	*erthyglau (ll)*	articles
o amgylch	around		

Cymry Cymraeg a'r di-Gymraeg wedi bod cymaint ar wahân ers blynyddoedd . . .'

'Beth ydi ar wahân?' gofynnodd Jean.

'*Separate, apart*,' atebodd Menna. 'Achos eu bod nhw wedi bod cymaint ar wahân, mae *ghettos* bach Saesneg mewn rhai rhannau o Gymru.'

'Ia, ffermwyr cyfoethoglyd yn Sir Benfro ers . . . *oh . . . ages and ages*,' meddai Brenda.

'Cyfoethog, Brenda, nid cyfoethoglyd,' meddai Menna. Ond doedd dim pwynt.

Dydi Brenda byth yn gwrando.

'A phobl awyr agored, dringwyr ac ati yn Eryri heddiw,' meddai Michelle.

'Dyna ni,' meddai Menna. 'Pawb yn *doing their own thing* a ni'r Cymry yn gwneud dim byd i rannu ein diwylliant efo'r newydd-ddyfodiaid.'

'*Bloody good thing* hefyd,' meddai Andrew, 'neu basai'r Eisteddfod yn Saesneg heddiw.'

'Ia,' meddai Menna, 'ond achos ein bod ni wedi bod mor ar wahân, mae pethau trist wedi digwydd yn ieithyddol. Fel yn fy nosbarth nos Lun – gofynnodd un dyn a o'n i wedi dringo'r Rivals. "Y Rivals?" gofynnais i. "Ble maen nhw?" Doedd y dosbarth ddim yn gallu credu'r peth. "Dach chi'n byw yng Ngwynedd a dach chi ddim yn gwybod lle mae'r Rivals?" meddai pawb. "Mae hynny'n ofnadwy!" Cymerodd o dipyn o amser i mi ddeall mai sôn am yr Eifl oedden nhw.'

Do'n i ddim yn gwybod lle roedd yr Eifl na'r Rivals, ond ddwedais i ddim byd.

---

rhannu	to share	*newydd-ddyfodiaid* (*ll*)	newcomers
diwylliant (*eg*)	culture	*yn ieithyddol*	linguistically

Beth bynnag, roedd Ynys Enlli'n swnio'n fendigedig. Mae Menna isio trefnu trip dosbarth yno un dydd Sadwrn cyn diwedd yr haf, a rhoiais i fy enw i lawr yn syth.

Gorffennaf 18fed Dydd Iau

Ro'n i'n ôl yn y llyfrgell efo Gwen heddiw. Ces i groeso mawr gynni hi:

'*Oh, you're back, are you?*'

'Ydw.'

'*Well, don't mess up the desk, then. I've got it like a* pin mewn papur, *and I want it to stay that way . . .*'

Edrychais i ar y ddesg: roedd hi'n wag. Roedd popeth yn daclus mewn droriau, hyd yn oed y beiros. Ces i broblemau mawr yn ceisio dod o hyd i bopeth. Dw i erioed wedi gweld tŷ Gwen, ond dw i'n siŵr ei fod o'n daclus iawn iawn, a'i bod hi'n polisio â Dettol.

Pan es i rownd y gornel i'r adran *reference,* ces i sioc. Roedd y byrddau crwn, smart wedi mynd, ac yn eu lle roedd hen fyrddau mawr hirsgwar, hyll.

'Beth ydi hyn?' gofynnais i i Gwen.

'*Don't look at me,*' meddai hi. '*It's all your fault!*'

'Beth?'

'*That* hen ddyn *who coughs all the time – after talking to you, he sent a letter to the* Swyddfa *about the tables, and then this lorry arrives with this lot!*'

'Ond . . . ond . . . maen nhw'n ofnadwy!'

'*I agree with you* cant y cant, *they're old ping pong tables . . .*'

---

dod o hyd i	to find	*cant y cant*	100%

‘Sy’n rhy hen i bingio na phongio . . .’ chwyrnodd Mr Edwards, oedd wedi bod yn gwrando. ‘Mae gen i ofn pwyso fy mhenelin arnyn nhw, maen nhw mor fregus.’

‘Bregus?’ gofynnais i.

‘*Delicate, not sturdy*,’ eglurodd Mr Edwards.

‘Dach chi’n gweld? Does dim pwynt siarad efo hi yn Gymraeg, Mr Edwards,’ meddai Gwen. ‘Gorfod explainio be ydi petha yn Saesneg o hyd . . . mae’n cymryd drwy’r dydd. (Ast! Hi sy’n fy ngwneud i’n nerfus, ac wedyn mae fy mrêns yn troi’n bwdin.) Ac *anyway*, arni hi mae’r bai am hyn.’

‘Ond . . . nid fy mai i ydi o,’ meddwn i.

‘Bai pwy, ’ta?’ gofynnodd Gwen.

Doedd gen i ddim ateb. Es i yn ôl at y ddesg. Weithiau, does dim pwynt dweud dim.

Gorffennaf 19eg Dydd Gwener

Ffoniodd Andrew heno.

‘Pacia!’ gwaeddodd o. ‘’Dan ni’n mynd i Ynys Enlli fory!’

‘Fory?’

‘Ia, mae’r tywydd yn berffaith, ac mae lle ar y cwch.’

‘Gwych! Beth bydd angen arna i?’

‘Picnic, camera, hufen haul, ym . . . alcohol efallai?’

‘Potelaid o win?’

‘Ia, gwych. O . . . ac oes gen ti sbienddrych?’

‘Pardwn?’

‘O, Blod! Dwyt ti ddim yn gwybod beth ydi sbienddrych?’

---

penelin (egb)	elbow	*cwch (eg)*	boat

'Nac ydw, Andrew. *Stop showing off.*'

'Rwyt ti'n fy nabod i'n rhy dda. Do'n i ddim yn gwybod beth oedd o chwaith.'

'Felly beth ydi o?'

'*Binoculars.*'

'Na.'

'Ia! *Honestly! Why would I lie?*'

'Na, dweud bod gen i ddim sbienddrych ydw i, Andrew.'

'O. Ddrwg gen i.'

'Pam bod isio sbienddrych, beth bynnag?'

'Dw i ddim yn siŵr. Menna ddwedodd. Hei . . . efallai bod *nudist beach* yno . . .'

'Andrew!'

'Ond efallai ddim. Maen nhw'n ddefnyddiol i weld adar, *I suppose*. Os wyt ti'n hoffi adar. Wyt ti'n hoffi adar?'

'Ydw, ond dw i ddim yn *twitcher*.'

'*God* na, na fi. *Really sad bunch of people*.'

'Ydyn. Pobl ddiflas dros ben.'

'Felly wyt ti'n dod fory?'

'Ydw. Faint o'r gloch a ble?'

'Hanner awr wedi saith – wrth y George.'

'Doniol iawn, Andrew. Faint o'r gloch – beth ydi *seriously*?'

'Y? O ddifri . . .'

'Faint o'r gloch o ddifri?'

'Hanner awr wedi saith! Blod, beth rwyt ti'n . . .?'

'Y bore? Rwyt ti'n tynnu fy nghoes.'

'Nac ydw! Mae'r cwch yn mynd am naw, ac mae isio cerddded o'r maes parcio at y cwch.'

'O. Mae'n ddrwg gen i.'

'*We must stop apologising like this*. Blod . . . mae siarad efo ti yn waith caled. Dw i'n *totally knackered*. Gwela i di fory.'

Felly dw i wedi pacio bag bach efo fflasg o goffi, potelaid o win, potelaid o ddŵr, brechdanau, creision, ffrwythau, camera, hufen haul (ffactor 25), sbectol haul, cot law (dw i'n *realist*) a *spray* i gadw pryfed i ffwrdd. Mae'r bag yn pwyso tunnell. Dw i'n mynd i godi'n gynnar i gael cawod a golchi fy ngwallt yn y bore. Mae'r cloc larwm ar 6.30 yn barod. Gobeithio y bydda i'n gallu cysgu – dw i wedi cynhyrfu'n ofnadwy!

Gorffennaf 21ain Dydd Sul

Ro'n i wedi blino gormod i sgwennu hwn nos Sadwrn. Roedd o'n ddiwrnod anhygoel – bendigedig. Ond wnaeth o ddim dechrau yn dda iawn. Ddim yn dda o gwbl a dweud y gwir. Cysgais i fel mochyn, felly chlywais i ddim o'r cloc larwm, felly pan ddeffrais i, roedd hi'n 7.20. Dim amser i frwsio fy nannedd heb sôn am olchi fy ngwallt. Gwisgais i, gafaelais i yn y bag a rhedais i am y George. Dw i ddim wedi rhedeg ers blynyddoedd. Roedd fy nghoesau i fel jeli ar ôl 300 metr, ac ro'n i'n gwneud sŵn fel cymysgydd sment wrth gyrraedd y George.

Roedd pawb yn eistedd yn *people carrier* Michelle, yn aros amdana i.

'Noson fawr neithiwr, Blodwen?' gofynnodd Menna.

---

pryfed (ll)	insects	*anhygoel*	incredible
pwyso	to weigh	*heb sôn am*	never mind
tunnell (eb)	tonne	*cymysgydd sment*	cement mixer
cynhyrfu	to be excited		

Ceisiais i ateb, ond do'n i ddim yn gallu siarad. Felly ysgydwais i fy mhen. 'Wyt ti'n iawn?' gofynnodd Michelle. 'Rwyt ti wedi mynd yn lliw rhyfedd iawn.'

'*Yes, sort of purple with yellow patches,*' meddai Jean. 'Dwyt ti ddim yn ffit, wyt ti, Blodwen?'

Ro'n i isio ei tharo hi ond doedd dim egni gen i.

Beth bynnag, roedd yr awyr yn las a'r haul yn gynnes, ac roedd Brenda'n ceisio gwneud i ni ganu 'Bing Bong Be'. Roedd hi wedi dysgu'r gân ar gwrs yn Nant Gwrtheyrn, ond dim ond y gytgan, felly mae'n ddiflas iawn ar ôl dau funud, a dw i ddim yn gweld sut mae canu bing bong a be'n gwella ein Cymraeg ni.

'Beth am gân arall, 'ta?' gofynnodd Menna.

'Dw i'n hoffi'r gân yna am y *goats*,' meddai Jean.

'Geifr,' meddwn i, 'ond mae honno'n llawer rhy gyflym i ni.'

'Hy,' meddai Brenda. 'Beth ydi *chicken*, Menna?'

'Cyw iâr.'

'O ie, rwyt ti'n gyw iâr, Blodwen.'

'Weren't we talking about *goats*?' gofynnodd Roy.

'*Yes*, o'n, *stop speaking English*, *Roy*,' meddai Brenda.

'Dach chi'n sôn am "Oes gafr eto"?' gofynnodd Menna.

'Ia, dw i'n meddwl,' meddai Andrew, 'ond does dim cyw iâr yn y gân honno.'

'Dw i'n *confused,*' meddai Roy.

'Wedi drysu'n lân,' cywirodd Menna.

'Ti hefyd?' gofynnodd Roy.

---

egni (*eg*)	energy	*cywiro*	to correct
cytgan (*eb*)	chorus		

Edrychodd pawb ar ei gilydd, wedi drysu'n lân. Dechreuais i ganu 'Bing Bong Be' eto. Roedd hi'n fwy syml.

Pan gyrhaeddon ni'r maes parcio, roedd hi'n 8.45. Roedd Michelle wedi mynd ar goll, a dydi hi ddim yn hawdd gwneud tro tri phwynt ar ffordd gul mewn *people carrier*. Roedd Andrew wedi gyrru Michelle druan yn boncyrs â'i 'Llaw chwith lawr! *No!* Chwith! *Left hand! Left hand down!* O, gyrwyr merched . . .'

Felly ar ôl parcio, roedd Michelle yn goch, yn chwyslyd, a bron â chrio.

Roedd Andrew yn goch, yn chwyslyd ac wedi gwylltio, tra oedd Menna'n edrych ar ei wats o hyd ac yn gweiddi: 'Brysiwch! Brysiwch!' Roedd Jean yn gofyn: 'Ydi hi'n dweud bod fy ngwallt i isio ei brwsio? Neu dim ond gwallt Blodwen?' Doedd Brenda ddim yn gallu dod o hyd i'w bag, ac roedd Roy'n eistedd ar y gwair yn rholio sigarét. Ro'n i isio mynd adref.

Rhedon ni i lawr y llwybr at y cwch. Roedd fy nghoesau jeli fel *blancmange* wedyn. Roedd y cwch mawr yn y dŵr yn aros amdanon ni, ac roedd dau ddyn wrth y dingi bach oren ar y traeth. Roedd Andrew wedi rhedeg o flaen pawb, ac wedi gofyn iddyn nhw aros amdanon ni. Dringodd pawb i mewn i'r dingi, cyn cofio bod Brenda heb gyrraedd. Yna, daeth hi rownd y gornel yn araf. Doedd hi ddim wedi deall fod angen gwisgo esgidiau cerdded. Roedd gynni hi sandalau uchel, drud, ac roedd ei thraed yn mynd i bob man ar y cerrig. Edrychodd hi'n wirion arnon ni yn y dingi.

'Dw i ddim isio . . . *get these wet*!' protestiodd hi.

---

chwyslyd	sweaty	*gwair (eg)*	grass
o hyd	all the time		

'Felly tynna nhw i ffwrdd . . .' meddai Menna.

'O ie . . .'

Tynnodd hi ei hesgidiau a cherdded yn ofalus aton ni yn y cwch. Ond roedd y cwch wedi symud allan i'r môr ers i ni ddringo i mewn, ac roedd hi'n gorfod codi ei sgert yn uwch ac yn uwch. Roedd hi'n protestio'n ofnadwy. Roedd Andrew hefyd.

'Na, dim mwy, os gwelwch yn dda,' meddai fo'n dawel. 'Dw i ddim isio gweld top coesau Brenda. Dw i ddim isio gweld fy mrecwast eto.'

'Andrew!' meddai pob merch yn y dingi.

Yn y diwedd, daeth un o ddynion y dingi at Brenda a rhoi *fireman's lift* iddi hi i mewn i'r dingi. Rhaid ei fod o'n ddyn cryf iawn. Roedd Brenda mewn gormod o sioc i ddweud dim.

Ymlaen at y cwch mawr, ac i ffwrdd â ni ar draws y Swnt – y môr rhwng Enlli a'r tir mawr. Roedd hi'n hyfryd. Awyr las, haul ar fy wyneb, gwynt yn fy ngwallt, a thonnau uchel. Do'n i ddim yn gallu clywed lleisiau Brenda a Jean. Nefoedd.

Glanion ni ar yr ynys, a bu bron i mi ddisgyn ar fy mhen ôl yn y gwymon. Ro'n i'n gorfod cadw fy llygaid ar fy nhraed wedyn. Ond wedi cyrraedd y gwair, ro'n i'n gallu edrych i fyny eto. Roedd hi'n olygfa fendigedig. Roedd pob man mor wyrdd, a'r tai mor urddasol.

'Beth ydi'r sŵn yna?' gofynnodd Michelle. 'Mae'n swnio fel plentyn yn crio. Menna! Mae plentyn mewn trwbl!'

---

uwch	higher	*disgyn*	to fall
ton (*eb*)	wave	*gwymon* (*eg*)	seaweed
nefoedd (*eb*)	heaven	*urddasol*	stately
glanio	to land		

Chwarddodd Menna.

'Nage, Michelle, y morloi ydyn nhw . . .' a phwyntiodd hi at y bae. Roedd y lle yn llawn o bennau llwyd yn edrych arnon ni o'r dŵr, a'r tu ôl iddyn nhw ar y creigiau, roedd ugeiniau o forloi eraill yn gorwedd.

'O*! Lovely!*' meddai Brenda. '*But what are they doing?*'

'Torheulo,' meddai Andrew.'Mae bywyd braf gynnyn nhw . . .'

Cawson ni air o groeso gan y wardeniaid, wedyn aethon ni am dro o amgylch yr ynys. Mae Menna'n nabod y lle yn dda iawn, achos ei bod hi'n aros yno am wythnos bron bob haf. Aeth hi â ni i ben y mynydd, at y goleudy ac i'r ogofâu. Buon ni'n edrych ar y tai, ond aethon ni ddim i mewn, mae pobl yn aros yno. Buon ni yn y capel, a chanodd Menna emyn. Mae llais da gynni hi. Dw i bron yn siŵr bod Andrew yn crio pan oedd hi'n canu. Basai fo wedi chwerthin taswn i wedi dechrau canu. Mae llais fel brân gen i.

Aethon ni i'r siop, a phrynais i lyfrau, crys T, a morlo bach fflyffi gwyn.

Dwedais i fy mod i wedi ei brynu i fy nith, ond doedd hynny ddim yn wir. Prynais i o i fi fy hun. Pan ddes i allan, roedd Brenda yn dod allan o'r tŷ bach. Roedd hi'n welw.

'Mae o'n *disgusting,*' meddai hi. 'Paid â mynd i mewn.'

'Ond dw i isio mynd!' meddwn i.

---

morloi (ll)	seals	*emyn (eg)*	hymn
creigiau (ll)	rocks	*brân (eb)*	crow
torheulo	to sunbathe	*nith (eb)*	niece
goleudy (eg)	lighthouse	*gwelw*	pale
ogof (eb)	cave		

'Croesa dy goesau! Bwced ydi o!' meddai hi. '*In this day and age!*'

'*Elsan*, Brenda, nid bwced. Ond beth rwyt ti'n ei ddisgwyl!' meddwn i. 'Does dim carthffosiaeth yma!' (Dysgodd Menna y gair yna i ni yn y wers am Enlli.)

'*So?* Does dim rhaid iddyn nhw fod mor . . . mor . . . *what's filthy*?'

'Afiach,' meddai Andrew, oedd wedi bod yn gwrando. 'Dweda i wrthot ti beth, Brenda,' meddai fo. 'Fasai'n well gen ti sgwatio y tu ôl i'r wal? Mae bwnsh o *dock leaves* yna . . .'

Cerddodd Brenda i ffwrdd a'i thrwyn yn yr awyr.

'O, Andrew!' meddai Menna, oedd wedi dod allan o'r siop.

'Beth?' protestiodd Andrew. 'Roedd hi'n . . .'

'Dail tafol ydi *dock leaves* . . .'

Mae Menna'n OK weithiau.

Cawson ni bicnic ar un o'r traethau, ac wedyn torheulo. Wel, roedd rhai'n torheulo. Dangosais i fy mreichiau. Mae'r chwain wedi gadael *craters* . . . beth ydi *craters*, tybed? – ceudyllau – ar waelod fy nghoesau. Aeth Andrew, Roy a Menna i nofio, ond arhosodd Michelle, Jean, Brenda a fi ar y tywod. Mae Michelle yn meddwl bod gynni hi *stretch-marks* ar ôl cael y plant. Mae Jean yn meddwl ei bod hi'n rhy denau, mae Brenda'n meddwl ei bod hi'n rhy dew, a dw i'n gwybod fy mod i'n rhy dew. Mae Menna'n edrych yn ffantastig mewn bicini. Does gynni hi ddim bol. Mae gan Andrew fol (cwrw, mae'n siŵr) a choesau bach tenau, gwyn. Ond mae gan Roy gorff da iawn. Mae gynno fo becyn chwech *(six-pack?)* a choesau cyhyrog, brown.

---

carthffosiaeth (eb) sewerage

'Pwy fasai'n meddwl . . .' meddai Michelle.

'Mmmm . . .' meddai Brenda a Jean . . . a fi.

Gwahanon ni wedyn. Es i am dro ar fy mhen fy hun. Roedd hi mor braf – dim sŵn o gwbl, dim traffig, dim arwydd o bobl yn unman. Gwelais i flodau hyfryd, blodau dieithr iawn i mi. Ro'n i isio gwybod eu henwau – yn Gymraeg. Dw i ddim yn dda iawn am wybod enwau blodau gwyllt yn Saesneg, a bod yn onest. Ro'n i'n eu gwybod nhw pan o'n i yn yr ysgol gynradd, ond dw i wedi anghofio bron popeth. Mae gen i gywilydd. Gwelais i adar rhyfedd hefyd, ond dw i'n gwybod llai am adar nag am flodau.

Cerddais i ar hyd llwybr uwchben y môr glas. Am y tro cyntaf ers blynyddoedd, ro'n i'n teimlo'n hapus a thawel fy meddwl. Ro'n i wedi anghofio am fy mhroblemau bach pathetig. Roedd y gwynt yn gynnes ac ysgafn ar fy nghroen, ac ro'n i'n teimlo'n iach. Cerddais i ymlaen, a chododd aderyn yn sydyn, un du a gwyn, a hedfan i ffwrdd fel mellten.

'Blydi hel!' gwaeddodd llais rhywun o rywle. 'Beth yffach?' Llais dyn – dyn blin. Yna cododd pen o'r gwair hir, yna ysgwyddau, yna'r corff i gyd.

Dyn mawr, blin. Cerddodd o ata i. Roedd o'n mynd yn fwy wrth ddod yn agosach, a doedd o ddim yn gwenu – o gwbl. Ro'n i'n crynu.

'*What the hell do you think you're doing?*' gwaeddodd o.

'*I . . . I'm sorry . . .*' meddwn i'n ofnus.

---

gwahanu	to separate	*llai*	smaller
arwydd (egb)	sign	*beth yffach*	what the hell
unman	anywhere	*crynu*	to shake
dieithr	alien, strange	*yn ofnus*	timidly

'You're not supposed to be here – didn't you see the sign?' gwaeddodd o'n uwch. Roedd ei wyneb yn wyn o dan ei liw haul, a'i lygaid yn fflachio. Ro'n i isio rhedeg i ffwrdd, ond ro'n i wedi rhewi.

'*What sign?*' gofynnais i mewn llais bach.

'*That bloody sign over there!*' rhuodd o, a phwyntio at arwydd ar y ffens.

Roedd yn arwydd mawr, a'r geiriau yn glir: PEIDIWCH Â MYND DIM PELLACH NA HYN.

'*Oh dear . . .*' meddwn i mewn llais bach. '*I must have been . . . um . . .*'

'*Dreaming?* Ych chi'n dweud wrtho' i! Blydi Saeson! Meddwl eu bod nhw'n berchen popeth . . .'

'Mae'n ddrwg gen i,' meddwn i mewn llais mor fach, ces i drafferth ei glywed.

Ond roedd gynno fo glustiau da.

'Cymraes ych chi?'

'Na . . . wel . . . ydw, chwarter . . .'

'Beth?'

'Ym . . . dw i'n dysgu Cymraeg.'

'Dysgwr! Dyna'r cwbl dw i moyn!'

'Pardwn?'

'Blydi dysgwyr . . . gwaeth na Saeson.'

'Beth?'

'*Forget it, woman. The damage is done.*'

'Pa *damage?* Beth ydw i wedi . . .?'

'Y tro cynta erioed i mi weld *yellow-bellied sapsucker* yn y rhan yma o'r byd!' gwaeddodd o, gan ysgwyd ei gamera mawr drud a'i sbienddrych bach

---

yn uwch	louder	*trafferth (egb)*	trouble
rhuo	to roar	*moyn (DC)*	eisiau
perchen	to own		

drud, yn wyllt. 'Ro'n i ar fin tynnu llun ffantastig ohono fe, llun fasai wedi bod ar glawr *Birder's World.* Chaf fi byth gystal shot o *yellow-bellied sapsucker*! Ych chi wedi dinistrio popeth, fenyw!' Rhythodd o arna i efo llygaid glas, oer fel rhew.

'Mae'n ddrwg gen i. Do'n i ddim yn gwybod,' meddwn i, yn ceisio peidio â chrio.

Roedd o'n edrych yn gas iawn arna i, fel tasai o isio fy nharo i efo'i gamera.

'Rhy hwyr nawr, on'd yw hi!!'

'Dw i wedi dweud mae'n ddrwg gen i . . .'

'Hy!'

'Oes rhywbeth galla i ei wneud?'

'Oes!' gwaeddodd o. 'Mynd! Mynd o fy ngolwg i!'

A dyna pryd dechreuais i grio. Ro'n i wedi bod mor hapus, a dyma'r dyn mawr blin yma'n gweiddi arna i. Dw i ddim yn hoffi pobl yn gweiddi, yn enwedig pan maen nhw'n gweiddi arna i. Gwelodd o fy mod i'n crio.

'O, na! Blydi menywod! Does dim isie i chi lefain, oes e?'

'Llefain? Crio ydw i,' meddwn i.

'Yr un peth yw e, fenyw!' gwaeddodd o.

'Peidiwch â gweiddi arna i!' gwaeddais i.

A dechreuais i grio'n uchel. Roedd fy nhrwyn yn rhedeg a doedd gen i ddim hances ac ro'n i'n teimlo'n ffŵl. Dechreuais i gerdded i ffwrdd, ond daeth o ar fy ôl i.

'Dewch, does dim isie i chi lefain – sori – crio,' meddai fo.

---

ar fin	on the point of	*golwg (eg)*	sight
cystal	as good	*hances (ebg)*	handkerchief
dinistrio	to destroy	*ffŵl*	foolish
rhythu	to stare		

Do'n i ddim yn gallu ateb, ro'n i'n crio cymaint; do'n i ddim yn gallu gweld lle ro'n i'n mynd chwaith. Bu bron i mi faglu dros garreg. Gafaelodd o yno' i. 'Hei. Cymerwch ofal nawr. Dyma chi,' meddai fo, a rhoi hances mawr gwyn i mi.

Gafaelais i ynddo fo a sychu fy nhrwyn – yn uchel, ac am hir. Edrychodd o arna i a cheisio gwenu.

'Gwell nawr?'

Atebais i ddim. Pam dylwn i wneud iddo fo deimlo'n well? Ro'n i'n gallu gweld ei fod o'n dechrau teimlo'n – *what's uncomfortable*? Anghyfforddus. Roedd ei wyneb o'n fwy normal, a'i lygaid ddim yn edrych mor oer. Roedden nhw'n las gwahanol rŵan, mwy o awyr las nag *iceberg* glas. (Dw i ddim yn gwybod beth ydi *iceberg* yn Gymraeg.) Ac ro'n i isio iddo fo deimlo'n anghyfforddus – gwneud i mi grio fel yna – gwneud i mi deimlo'n ffŵl – *how dare he*?

'Edrychwch . . . mae'n ddrwg 'da fi am weiddi arnoch chi fel yna,' meddai fo, 'ond ro'n i wedi cynhyrfu shwd gymaint . . .'

'Cynhyrfu shwd?'

'Shwd gymaint.' Yna sylweddolodd o nad oeddwn i'n deall. 'Mae'n ddrwg 'da fi. Gog ych chi . . .'

'Ia, a hwntw dach chi.'

'Hwntw mawr cas . . .' meddai fo efo gwên.

'Ia.' Rhoiais i wên fach.

Estynnodd o ei law. Rhoiais i ei hances yn ôl iddo fo.

'Nage,' meddai fo, 'cadwch e. Ro'n i moyn ysgwyd eich llaw.'

---

baglu	to trip	*hwntw* (*DC*)	south Walian
shwd gymaint	so much		

'O. Iawn.' Ac ysgydwais i ei law. Roedd gynno fo law fawr, gryf. A llygaid neis iawn.

'Siôn Prys,' meddai fo.

'Blodwen Jones,' meddwn i.

'Yma am y diwrnod?' gofynnodd o.

'Ia. Chi hefyd?'

'Na, dw i yma tan fis Tachwedd,' meddai fo. 'Dw i'n gweithio yn yr Wylfa Adar.'

O, na . . . *twitcher* proffesiynol, meddyliais i. Diflas iawn.

'O, diddorol iawn,' meddwn i.

'Ydi, mae e . . . yn enwedig pan dw i'n gweld adar prin fel . . .' Edrychodd o ar y llawr.

'Ia. Wel . . .' meddwn i, 'mae'n ddrwg iawn gen i am hynny. Do'n i ddim yn edrych lle ro'n i'n mynd, ro'n i mewn . . . mewn . . .'

'Breuddwyd?' gofynnodd o.

'Ia. Mae hi mor hyfryd yma.'

'Mmm. Dw i'n cytuno'n llwyr. Mae pobl yn dwlu ar y lle, neu dŷn nhw ddim yn hoffi'r lle o gwbl.'

'Gallwn i fyw yma am byth,' meddwn i, gan edrych eto ar yr awyr, y môr, a'r mynydd.

'Mae'n hawdd dweud hynny ar ddiwrnod fel heddiw,' meddai Siôn, 'ond mae'n wahanol iawn pan fydd storm.'

'Dw i'n hoff iawn o storm . . . stormiau,' meddwn i.

'Stormydd,' cywirodd o.

'Stormydd. Diolch,' meddwn i. 'Na, yn bendant, gallwn i fyw yma.'

---

gwylfa (eb)	watch, look-out	*dwlu*	to dote
prin	rare	*yn bendant*	definitely

'Heb Tescos?' gofynnodd o. 'Heb deledu na pheiriant golchi? Heb ffôn na mynd mas ar nos Sadwrn?'

Lwcus fy mod i'n gwylio *Pobol y Cwm*. Ro'n i'n gwybod mai allan oedd mas.

'Dim problem,' meddwn i. 'Dw i byth yn gwylio'r teledu, a dw i byth . . . yn mynd allan ar nos Sadwrn . . .' Pam oeddwn i isio dweud hynny? Bydd o'n meddwl fy mod i'n *social outcast.*

'O?' gofynnodd o â gwên. Damio! Roedd o'n chwerthin am fy mhen i!

'Wel, yn anaml iawn,' meddwn i. 'Mae fy mywyd i mor brysur, alla i ddim mynd allan bob nos.'

'Beth ydi'ch gwaith chi?' gofynnodd o.

'Llyfrgellydd.'

'O, diddorol iawn.' Ond ro'n i'n gallu gweld o'i wyneb – roedd o'n credu bod bywyd llyfrgellydd yn ddiflas.

'Ydi, mae o, *actually*!' meddwn i'n flin. 'Mae pawb yn credu bod llyfrgellwyr yn bobl ddiflas ond dŷn nhw ddim!'

'Dw i'n siŵr,' meddai fo. 'Mae pawb yn meddwl bod pobl sy'n gwylio adar yn ddiflas hefyd.'

Oedd o'n gwenu'n od arna i?

Tawelwch. Do'n i ddim yn gwybod beth i'w ddweud. Doedd o ddim chwaith. Yna, gofynnodd o:

'Pryd mae'ch cwch chi'n mynd yn ôl?'

'Hanner awr wedi dau,' meddwn i.

'Wel . . . gobeithio eich bod chi'n gallu rhedeg yn gyflym,' meddai fo.

'Pam?'

'Mae hi'n ugain munud wedi, nawr.'

Edrychais i ar fy wats. Roedd o'n iawn! O, na! Ro'n i ar yr ochr anghywir o'r ynys!

'Pa ffordd? Sut? O diar . . . o diar,' meddwn i mewn panig.

'Dewch,' meddai fo, a phwyntio at feic mynydd oedd yn pwyso yn erbyn wal.

Roedd pawb yn eistedd wrth y lanfa, a Menna'n edrych ar ei wats. Edrychodd pawb yn wirion arnon ni'n cyrraedd ar y beic. Siôn yn sefyll ar y pedalau a fi'n eistedd ar y sedd gul. Pan freciodd Siôn, saethais i oddi ar y sedd a'i daro yn ei ben ôl efo fy wyneb, a disgynnodd y ddau ohonon ni oddi ar y beic.

'Dramatig iawn,' meddai Andrew, a fy helpu ar fy nhraed.

'Trystio Blodwen,' meddai Brenda'n uchel. 'Pum munud ar ynys *with hardly anybody on it*, ac mae hi'n cael dyn.'

Ro'n i isio diolch i Siôn, ond allwn i ddim edrych arno fo ar ôl hynny.

'Rwyt ti wedi cael lliw haul, Blodwen,' meddai Jean yn slei.

Roedd beic Siôn yn iawn, ond roedd ei goes yn gwaedu ychydig. Ddwedais i ddim byd. Rhoiais i nòd pathetig iddo fo, a ches i nòd yn ôl. Ac yna daeth y dingi at y lanfa. Es i mewn efo'r gweddill, eistedd (yn ofalus – roedd sedd y beic wedi gadael ei farc), a throi i edrych ar yr ynys, ond roedd Siôn wedi mynd.

'Diwrnod bendigedig!' meddai Michelle. Cytunodd pawb.

'*Apart from* y bwced . . .' meddai Brenda.

Chymerodd neb sylw ohoni hi.

---

pwyso	to lean	*saethu*	to shoot
glanfa (eb)	jetty		

'Edrychwch ar y morloi,' meddai Menna. 'Maen nhw'n edrych mor hapus.'

'Pan fydda i wedi cicio'r bwced,' meddai Andrew, 'dw i isio dod yn ôl fel morlo.'

Dw i jest isio mynd yn ôl i Enlli. Mae'n lle diddorol iawn iawn.

Gorffennaf 22ain Dydd Llun

Ces i ddiwrnod ofnadwy ar y fan heddiw. Roedd popeth yn iawn nes i Dei fynd i'r tŷ bach. Roedd y fan yn wag, felly eisteddais i yn y blaen yn darllen y llyfr *Trivial Pursuits*. Dw i'n dda iawn efo'r rhai brown, ond yn anobeithiol efo'r rhai gwyrdd. Beth bynnag, ar ôl pum munud, sylweddolais i fod rhywun yn y fan. Codais i fy mhen i ddweud helô – a rhewais i. Roedd Alsatian mawr – enfawr – yn y fan, yn sniffian y llyfrau. Doedd neb efo fo. Dw i'n hoffi anifeiliaid, ond roedd hwn mor fawr.

'Hei!' meddwn i'n nerfus. 'Dim cŵn yn y fan!' Ond doedd o ddim yn deall Cymraeg. Roedd o'n sniffian y *non-fiction* erbyn hyn. 'Hei!' gwaeddais i. '*Out!*' Cododd o ei ben, edrych arna i'n ffroenuchel, yna codi ei goes ôl . . .

'Na!' sgrechiais i. Ond chymerodd o ddim sylw. Pisodd o yn erbyn L-M, y llyfrau plant i gyd, a'r llyfrau garddio. Yna aeth o allan. Sefais i yno am ychydig, do'n i ddim yn gwybod beth i'w ddweud. Yna daeth Dei i mewn.

'Duw, be ti'n ei wneud?' gofynnodd o. 'Dal pryfed?'

Do'n i ddim yn gallu siarad. Dal pryfed? Yna sylweddolais i fod fy ngheg yn agored fel pysgodyn. Caeais i fy ngheg. Pwyntiais i at y llyfrau gwlyb.

‘Be goblyn?’ meddai Dei wrth weld ei lyfrau’n . . . what’s *drip*? – diferu.

‘Ci,’ meddwn i o’r diwedd, ‘ci mawr . . . wedi pi pi . . .’

Edrychodd Dei arna i’n wirion, yna ysgydwodd o ei ben ac estyn am hen gadach y tu ôl i’r cownter. Dechreuodd o dynnu’r llyfrau allan a’u sychu, yna dechreuodd o chwerthin.

‘Dei . . .’ meddwn i, ‘dydi o ddim yn ddoniol.’

Ond roedd Dei’n chwerthin fel plentyn. Roedd o’n chwerthin cymaint, syrthiodd o i’r llawr. Ac wedyn doedd o ddim yn chwerthin.

‘Dei?’ meddwn i. ‘Be rwyt ti’n ei wneud? Bydd dy ddillad di yn pi pi ci i gyd.’

Dim ateb. Sylweddolais i fod rhywbeth yn od. Codais i o’r cownter a mynd ato fo.

‘Dei?’ Roedd ei wyneb yn lliw rhyfedd, a’i geg o ar agor fel ceg pysgodyn.

‘Dei!!’

Dw i ddim yn cofio llawer wedyn ond dw i’n cofio gweiddi am help. Dw i’n cofio lleisiau dieithr a rhywun yn rhoi hances i mi achos fy mod i’n crio. Roedd Dei yn eistedd yn fy sedd i, yn dweud ei fod o ddim isio ffŵs, a bod dim angen ambiwlans arno fo.

‘Paid â bod yn wirion!’ meddwn i. ‘Mae’n rhaid i ni…’

‘Na!’ meddai fo’n chwyrn. ‘Dw i’n iawn. Mae hyn wedi digwydd o’r blaen.’

‘Ond . . .’

‘Na . . . plîs, dim ambiwlans. Basen nhw’n mynd â fi i’r ysbyty. A dw i ddim isio i’r wraig gael galwad ffôn o’r ysbyty…’

‘Ond os wyt ti’n sâl . . .’

---

be goblyn? (*GC*) what on earth? *cadach* (*eg*) rag

'Af i i weld y doctor.' Gwasgodd fy llaw. 'Plîs, Blodwen?'

'Ond elli di ddim gyrru'r fan . . .' Roedd o'n dal i grynu fel deilen.

'Na, ond medri di.'

'Be?'

'Mae hi fel car.'

'Be?'

'Wel, car mawr. Dydi hi ddim yn bell. Dweda i wrthot ti be i'w wneud. Mae hi'n hawdd.'

'Dei . . . mae hyn yn wirion.'

'Plîs, Blodwen . . . er fy mwyn i.'

Pam dw i ddim yn gallu dweud na? Rhywsut, ro'n i yn sedd y gyrrwr, yn gyrru ar hyd y ffordd, a Dei wrth fy ochr yn dweud:

'Dyna ti. Da iawn, dim problem.'

Dim problem? Roedd fy nghoesau'n crynu, fy nwylo'n chwysu ac ro'n i'n teimlo'n sâl. Roedd gen i ofn mynd dros 25 milltir yr awr, felly roedd rhes hir o geir y tu ôl i mi. Ro'n i'n gallu gweld y wynebau blin, coch yn y drych.

'Paid â chymryd sylw o neb,' meddai Dei. 'Rwyt ti'n gwneud yn dda. Dwyt ti ddim yn bell rŵan. Dim ond deg milltir arall.'

Deg milltir! Roedd hi'n teimlo fel cant. Bob tro ro'n i'n dod at gornel, ro'n i isio cau fy llygaid. Ond fasai hynny ddim wedi bod yn syniad da.

Wrth fynd drwy bentref bach, a throi cornel wael, roedd fan goch wedi parcio ar fy ochr i o'r ffordd – ac roedd car arall yn dod i fy nghyfarfod.

---

gwasgu	to press	*rhes* (*eb*)	row
er fy mwyn i	for my sake		

Doedd dim lle i mi. Roedd yn rhaid i mi daro'r brêcs yn galed, a thrawais y – beth ydi *pavement*? – palmant. Clywais i sŵn ofnadwy.

'Dw i wedi taro rhywbeth!' gwaeddais i.

'Naddo,' meddai Dei. 'Y *non-fiction* sydd wedi syrthio, dyna i gyd.'

Edrychais i yn ôl, a gwelais i'r llyfrau dros y llawr i gyd. O, na. Pam oedd hyn yn digwydd i mi? Ci yn pi pi dros y llyfrau, dyn wrth fy ochr oedd i fod yn yr ysbyty, a fi'n gyrru fan fawr HGV. Dw i'n cael digon o broblemau efo Ford Fiesta 1.3! Ro'n i'n gobeithio mai breuddwyd oedd hi. Ond na, roedd hi'n digwydd – a digwyddodd am hanner awr arall.

Pan gyrhaeddais i'r llyfrgell, roedd Dei isio i mi – beth ddwedodd o am reversio? – o ia – bagio at y wal. Beth? Sut? Do'n i ddim yn gallu gweld y wal! Es i 'nôl ychydig, a stopio.

'Tyrd, mae gen ti o leia ddwy lath arall i fynd,' meddai Dei.

'Na!' meddwn i. 'Dim mwy! Dw i wedi cael digon!' Diffoddais i'r injan a throi i edrych arno fo. 'Paid byth â gofyn i mi wneud rhywbeth fel yna eto! Dylet ti fod mewn ambiwlans, dammit! A 'dan ni'n lwcus bod y ddau ohonon ni ddim mewn ambiwlans ar ôl y gornel olaf yna!'

'Diolch i ti, Blodwen,' meddai fo'n dawel.

'Hy,' meddwn i, 'a rŵan dw i'n mynd â ti adre, a sut wyt ti'n mynd i egluro hynny wrth dy wraig?'

'Car yn gwrthod cychwyn,' meddai fo efo gwên. Hy. Pam mae dynion yn gallu dweud celwydd mor hawdd?

---

llath (*eb*)	yard	*celwydd* (*eg*)	lie
cychwyn	*dechrau*		

Es i allan o'r fan a gweld ei bod hi o leiaf tair llath o'r wal. Bydd hi'n anodd i lorïau'r cyngor basio bore fory. Tyff.

Es i â Dei adref, ond es i ddim i mewn i'r tŷ. A dyna pryd sylweddolais i: dw i ddim yn gwybod beth ydi enw gwraig Dei. Dydi o byth yn dweud ei henw hi, dim ond 'y musus' neu 'y wraig'. Rhyfedd . . . dydi o byth yn dweud ei henw hi, nac yn dweud 'dw i'n dy garu di' wrthi hi, ond maen nhw'n hapus, a dydi o ddim isio iddi hi boeni amdano fo. Ond, mae o'n dweud celwydd wrthi hi.

Dw i ddim yn deall. Dyma pam dw i'n sengl?

Ar ôl mynd â Dei adref, cofiais i am y llyfrau oedd dros y llawr yn fan y llyfrgell . . . O, na, gwell i mi fynd i'w rhoi nhw'n ôl ar y silffoedd . . . ac yna cofiais i am yr Alsatian.

Bues i yno am ddwy awr arall yn glanhau. A rŵan dw i wedi blino – yn ofnadwy. Dw i'n mynd am fath.

Gorffennaf 23ain Bore Mawrth

Deffrais i yn y bath am 2 o'r gloch y bore. Roedd y dŵr yn oer, ac ro'n i'n las. Dw i'n meddwl fy mod i'n mynd i gael *pneumonia.* Beth ydi hynny? – O, niwmonia. Es i i fy ngwely efo potel dŵr poeth. Yng Ngorffennaf. Mae fy mywyd yn llanast llwyr. Pan edrychais i drwy'r ffenest pan aeth y larwm, roedd Blodeuwedd ynghanol fy *hostas.* Wel, beth oedd ar ôl o'r *hostas.* Beth ydw i'n mynd i'w wneud efo hi?

Dw i'n mynd i weld yr asiant teithio heddiw. Dw i isio gwyliau hir yn rhywle pell pell.

Dw i'n mynd i'r gwaith rŵan. Gobeithio bod Dei'n iawn.

Gorffennaf 23ain Nos Fawrth

Pan es i i mewn i'r llyfrgell, roedd Gwen yn rhoi'r ffôn i lawr.

'*Dei's wife*,' meddai hi. '*He's not coming in today – he's ill*.'

'Na . . .'

'*Yes he is, I just told you.*'

'Ym . . . Faint sâl?'

'Pa mor sâl, *you mean. Honestly, if you can't speak it properly, why bother?*'

Brathais i fy nhafod. Anadlais i'n ddwfn.

'Pa mor sâl *then*?'

'*How do I know? Just too sick to come in, that's all. Nothing serious.*'

'Ond . . . ond beth am yr . . . y . . . llyfrgell deithiol? Bydd pobl yn . . . ym . . . (dw i'n methu cofio geiriau Cymraeg pan dw i'n siarad efo Gwen) *waiting*.'

'*Yes. That's your department.*'

'Beth?' gwaeddais i, yn teimlo'n sâl, 'ond alla i ddim . . . ym . . . drifo'r fan! *Please don't make me drive the van!*'

Edrychodd hi arna i'n rhyfedd.

'*What do you think I am? Stupid? I wouldn't let you close to the thing!*' meddai hi, a rhoi ffeil yn fy llaw. '*Names and numbers of our mobile customers. Ring them up and tell them what's happened.*'

'O.' (Diolch byth.) 'Beth? Pob un?'

'*Of course. Chop chop!*'

Bues i ar y ffôn drwy'r bore. Ches i ddim amser i

---

brathu to bite

feddwl am Dei. Oedd o'n iawn? Oedd o wedi mynd i weld y doctor? Ro'n i isio ffonio, ond roedd gen i ofn.

Es i i mewn at yr asiant teithio amser cinio. Ond roedd popeth mor ddrud, a dw i ddim isio mynd i Torremolinos – nac Ibiza. Dw i'n rhy hen i Ibiza ac mae gen i alergedd i *foam*. A dw i ddim isio dangos fy ngheudyllau. Basai Gwlad yr Iâ'n neis, neu Alaska. Mae'n rhaid i mi gael mwy o bres. Gallwn i werthu fy nghar a phrynu beic. Basai beic yn gwneud i mi golli pwysau. Ond baswn i'n gwlychu yn y glaw. Gallwn i werthu'r teledu. Ond dw i angen gwylio S4C i wella fy Nghymraeg. Wel . . . mae'n dibynnu pa raglen dw i'n ei gwylio. Gallwn i werthu fy hen ddillad mewn – beth ydi *car boot sale*? – sêl cist car – dw i'n hoffi hynny. Sêl cist car . . . mae o fel barddoniaeth. Ble ro'n i? O ie. Yn y coch . . . ie, fy hen ddillad. Ond dw i ddim yn meddwl y baswn i'n cael llawer o bres am fy hen ddillad i. A beth bynnag, dw i'n dal i wisgo bron popeth sydd gen i. Wel . . . bron popeth. Dw i ddim wedi gwisgo'r siwmper binc lachar â blodau glas er 1986. A dw i ddim wedi gwisgo'r trowsus oren â chylchoedd mawr gwyrdd ers . . . dw i ddim yn cofio. Hm.

Blodeuwedd! Rhaid i mi werthu Blodeuwedd. Chaf i ddim llawer o bres amdani hi, ond nid dyna'r pwynt. Dw i'n mynd i roi hysbyseb yn y papur – fory. Rhywbeth fel: AR WERTH: GAFR. PRIS I'W DRAFOD. A DILLAD AIL LAW MEWN (beth ydi *good condition?)* – CYFLWR DA. Cawn ni weld . . .

---

gwlychu	to get wet	*llachar*	bright
dibynnu	to depend	*hysbyseb* (*eb*)	advert

Gorffennaf 24ain Dydd Mercher

Mae Dei dal gartref yn sâl, felly bues i ar y ffôn drwy'r bore eto. Dw i wedi anfon cerdyn ato fo. Dw i wedi anfon yr hysbyseb i'r papur hefyd.

Gwers Gymraeg dda iawn heno. Buon ni'n dysgu caneuon gwerin – dim ond achos bod Menna isio dangos i ni pa mor dda mae'n gallu canu. Ond roedd hi'n dda, ac roedd y wers yn hwyl. Ond dechreuodd hi ddysgu cân o'r enw 'Moliannwn' i ni. Mae'n mynd fel hyn (a dw i wedi ceisio ei chyfieithu):

Nawr lanciau rhoddwn glod *(young men let us celebrate)*
Y mae'r gwanwyn wedi dod *(spring has sprung)*
Y gaeaf a'r oerni aeth heibio (*the cold winter has passed)*
Daw'r coed i wisgo eu dail (*the trees will wear their leaves*)
A mwyniant mwyn yr haul *(something about the sun – can't remember)*
A'r ŵyn ar y dolydd i brancio *(and lambs to prance in the fields)*

Cytgan /*Refrain*
Moliannwn oll yn llon (*let's rejoice*)
Mae amser gwell i ddyfod, Haleliwia *(better times ahead, thank God)*
Ac ar ôl y tywydd drwg (*and when the bad weather goes)*
Fe wnawn arian fel y mwg *(we shall make money like smoke)*
Mae arwyddion dymunol o'n blaenau (*there are good signs ahead)*
Ffwdl-la-la, ffwdl-la-la, ffwdl-la-la-la-la-la
Ffwdl-la-la, ffwdl-la-la, ffwdl-la-la-la-la-la.

Wedyn mae dau bennill arall am robin goch a llyffantod, ond chyrhaeddon ni ddim pellach. Mae'r dôn yn anodd iawn, a'r ffwdl-la-las fel *tongue twisters*.

---

caneuon gwerin	folk songs	*tôn (eb)*	tune
llyffantod (ll)	frogs, toads		

Roedd o'n *chaos* – na – llanast llwyr. Felly penderfynodd Menna weithio ar rywbeth haws:

'Hen Ferchetan' *(Old spinster)*

'Ha! Cân i Brenda a Blodwen!' meddai Jean. Mae hi mor ddoniol.

Dyma beth dw i'n ei gofio o'r gân:

Hen ferchetan wedi colli'i chariad *(an old spinster has lost her love)*
Ffaldi ralaldi raldi ro (*The refrain: I think that's how you spell that, and I may have missed a couple of ffals or rals)*
Cael un arall dyna oedd ei bwriad *(she tried to get another one)*
(ffaldiral etc between every line)
Ond nid oedd un o lanciau'r pentre *(but not one of the local lads)*
Am briodi Lisa fach yr Hendre *(wanted to marry her)*

Hen ferchetan sydd yn dal i drio *(the old spinster is still trying)*
Gwisgo sane sidan ac ymbincio *(wearing silk stockings and make-up)*
Ond er bod brân i frân yn rhywle (*but although there's a crow for a crow somewhere)*
Nid oedd neb i Lisa fach yr Hendre *(there's nobody for little Lisa of the Hendre)*

Hen ferchetan bron â thorri'i chalon (*old spinster almost broken hearted*)
Mynd i'r llan mae pawb o'r hen gariadon (*all her ex-es are getting married*)
Bydd tatws newydd ar bren fale (*potatoes will grow on apple trees)*
Cyn briodith Lisa fach yr Hendre *(before Lisa gets married)*

---

haws easier

Hen ferchetan aeth i ffair y Bala *(the old spinster went to Bala fair)*
Gweld Siôn Prys (!!! dechreuais i wenu) yn fachgen digon smala *(fancied the pants off Siôn Prys . . .)*
Gair a ddywedodd wrth fynd adre *(something he said on the way home)*
Gododd galon Lisa fach yr Hendre *(made little Lisa feel much better)*

Ar ôl canu a chanu, buon ni'n trafod beth roedd Siôn Prys wedi'i ddweud wrth Lisa.

'Dos i nôl dy gôt, cariad, rwyt ti wedi bachu,' meddai Andrew.

O ie, dwedodd Menna ei bod hi ac Andrew a dau ffrind iddyn nhw wedi bwcio tŷ am wythnos ar Ynys Enlli ganol Awst: tŷ â lle i chwech o bobl, a bod croeso i ddau o'r dosbarth ddod hefyd i rannu'r gost. Dyna pryd dw i wedi cymryd pythefnos o wyliau! A dydi o ddim yn rhy ddrud! Gwych! Codais i fy llaw'n syth. Wythnos gyfan ar Ynys Enlli? Basai'n nefoedd, basai'n fendigedig. Basai Siôn Prys yno. Dw i wedi bod yn meddwl llawer am ei lygaid glas, hyfryd.

Ond roedd pawb isio mynd. Pawb ond Michelle, achos bod gynni hi blant bach.

'Beth am dy ŵr di, Jean?' gofynnais i mewn panig. 'Dwyt ti ddim yn gallu ei adael am wythnos ar ei ben ei hun?'

'Fasai fo ddim yn sylwi,' meddai hi.

'Bydd rhaid i ni dynnu enwau o het,' meddai Menna.

O, na . . . be tasai Jean neu Brenda yn cael mynd, ac nid fi? Ro'n i'n teimlo'n sâl. Ond roedd pawb yn meddwl y dylen ni dynnu enwau o het a do'n i ddim yn gallu meddwl am syniad gwell.

---

bachu to pull

Gwyliais i Menna'n plygu'r darnau o bapur a'u rhoi i mewn i fag plastig. (Doedd neb yn gwisgo het.) Edrychais i ar bawb arall. Roedd Brenda'n llyfu ei gwefusau. Roedd Roy'n cnoi ei feiro. Roedd Jean yn giglan fel plentyn.

Tynnodd Menna y darn cyntaf allan o'r bag. Agorodd hi o'n ofalus ac yn araf, a darllen yn uchel:

'Roy.'

Gwenodd Roy'n dawel a rhoi ei feiro yn ei boced. Ia, Roy a fi, basai hynny'n braf. Dw i'n hoffi Roy mwy na Brenda a Jean.

'A'r llall sy'n cael dod efo ni i Enlli ydi . . .' meddai Menna, yn mwynhau ei hun wrth dynnu'r ail ddarn o bapur '. . . Brenda!'

Na! Dydi hyn ddim yn bosib! Dydi hyn ddim yn deg!

'*Oh, you lucky* buwch,' meddai Jean.

'Llongyfarchiadau,' meddai Menna.

'Da iawn,' meddai Andrew, gan edrych arna i. Roedd o isio i fi ddod, dw i'n gwybod. Dydi o ddim yn hoffi Brenda. Dw i'n meddwl mai syniad Menna oedd gofyn i bawb o'r dosbarth. Roedd hi'n edrych yn hapus. Roedd Brenda'n edrych yn hapusach.

'Ond Brenda,' meddwn i, 'dwyt ti ddim yn gallu defnyddio bwced am wythnos!'

'Gallaf. *I just won't look down*. Ac *Elsan* ydi o, Blodwen, nid bwced.'

Ast.

Aeth y lleill i'r George am beint ar ôl y wers. Es i adref.

---

plygu	to fold	*cnoi*	to chew
llyfu	to lick	*gast* (*eb*)	bitch
gwefusau (*ll*)	lips		

Gorffennaf 25ain Dydd Gwener

Dydi bywyd ddim yn deg. A dw i wedi bwyta popeth oedd yn y rhewgell. Dw i'n teimlo'n sâl rŵan. Dw i'n gallu gweld Blodeuwedd drwy'r ffenest. Mae hi'n bwyta drwy'r amser hefyd. Tybed ydi hi'n *depressed* fel fi achos bod gynni hi ddim bili gafr? Dyna beth ydi *billy goat?* O . . . na, bwch gafr. *Whatever.* Roedd yr hysbyseb yn y papur, ond does neb wedi ffonio. Dw i'n mynd i'r gwely.

Gorffennaf 27ain Dydd Sul

Penwythnos diflas iawn. Wnes i ddim byd, dim ond gwylio'r teledu a bwyta. Neb wedi ffonio – dim ond Mam. Mae fy nghyfnither yn priodi. Dim ond 23 ydi hi. Siaradodd Mam am y ffrog, y tŷ, y gŵr a'r *reception* am 38 munud.

Gorffennaf 28ain Dydd Llun

Daeth Dei i mewn heddiw. Roedd o'n edrych braidd yn wan a gwelw. Mae o'n gorfod ymddeol.

'Dw i ddim isio ymddeol,' meddai fo, 'ond does gen i ddim dewis – mae'r doctor yn mynnu – a'r wraig, wrth gwrs.'

'Wrth gwrs,' meddwn i.

'Dw i'n mynd i golli'r fan,' meddai fo'n drist, 'a'r cwsmeriaid . . . 'dan ni'n ffrindiau, rwyt ti'n gwybod?' Nodiais i. 'A dw i'n mynd i dy golli di hefyd, Blodwen.'

O, Dei . . . roedd gen i lwmp yn fy ngwddw.

---

cyfnither (eb)	cousin	*gwelw*	pale

'Diolch, Dei, dw i'n mynd i dy golli di hefyd.'

'Dw i byth wedi diolch yn iawn i ti am yrru'r fan yn ôl . . .'

'Ia . . . wel.'

'Gwnest ti'n dda iawn.'

'Ha ha . . .'

'Torrais i un o'r *brake lights* y tro cynta i mi ei gyrru hi.'

'Do?'

'Do – a dw i wedi sgratsio ei hochr hi filoedd o weithiau. Ond dyna ni . . . byddan nhw'n rhoi hysbyseb am fy swydd i yn y papur yr wythnos yma. Efallai y bydd boi bach ifanc yn ei chael hi . . .'

'O, Dei!'

'Na, mae'n bosib. Rhywun fydd wrth ei fodd yn rhannu ei bicnic efo ti . . .'

'Fydd neb â brechdanau mor flasus â dy rai di, Dei!'

'Na, ond does gan neb wraig mor berffaith â fy ngwraig i . . . mae hi wedi bod mor dda ynglŷn â hyn, rwyt ti'n gwybod.'

'Dei?'

'Ia?'

'Beth ydi enw dy wraig? Wnest ti erioed ddweud.'

'Naddo? Wel . . . Erin.'

'Enw neis.'

'Ydi. Ond dydi hi ddim yn ei hoffi, felly dw i ddim yn ei ddefnyddio yn aml.'

'Pam dydi hi ddim yn ei hoffi?'

'Achos pan oedd hi'n fach, roedd pawb yn ei galw hi'n Erin Cybyrd.'

'Mae'n ddrwg gen i?'

'*Airing cupboard*, Blodwen!'

Dechreuais i chwerthin, ond roedd Gwen yn edrych yn flin arnon ni, felly ceisiais i beidio â chwerthin. Methais i. Cododd Gwen ar ei thraed, a wyneb fel carreg . . .

'Tyrd, Blodwen, dw i isio dangos rhywbeth i ti . . .' meddai Dei.

Dilynais i o allan i'r maes parcio. Aeth o at y fan.

'Dw i wedi gweld y fan o'r blaen, Dei . . .'

'Rwyt ti wedi ei gyrru hi hefyd.' Roedd o'n gwenu'n rhyfedd arna i.

'Pam wyt ti'n edrych arna i fel yna?' gofynnais i iddo fo.

'Wel,' meddai fo, 'pam na wnei di gynnig am fy swydd i?'

'Fi!'

'Ia. Tyrd . . .' Agorodd o'r drws.

'Dwyt ti ddim isio i mi ei gyrru hi eto?'

'Ydw. Dim ond o gwmpas y maes parcio . . . tyrd! Does gen i ddim drwy'r dydd!'

A rhywsut, ro'n i y tu ôl i'r llyw eto, yn gyrru'r fan rownd a rownd y maes parcio. Dangosodd Dei i mi sut i fagio o fewn dwy fodfedd i'r wal, sut i fagio rhwng dwy wal, sut i newid y gêrs yn llyfn – popeth! Ac ro'n i'n gallu ei wneud o!

'Wyt ti'n gweld?' meddai fo. 'Rwyt ti'n gallu gyrru hon yn dda, rwyt ti'n ofalus, yn amyneddgar, ac mae gen ti lygad dda.'

'Ond fasen nhw ddim yn rhoi'r swydd i ferch,' meddwn i.

---

carreg (*eb*)	stone	*modfedd* (*eb*)	inch
dilyn	to follow	*yn llyfn*	smoothly
llyw (*eg*)	steering-wheel	*amyneddgar*	patient

'Pam lai? Hawliau cyfartal, cofia. Galla i roi mwy o wersi i ti, i ti gael mwy o brofiad gyrru; rwyt ti'n llyfrgellydd sy'n gallu helpu pobl efo'r llyfrau, rwyt ti'n gwybod y drefn yn barod – rwyt ti'n berffaith ar gyfer y swydd!'

'Wyt ti'n meddwl?'

'Dw i'n gwybod, Blodwen! Ac os wyt ti ar y fan, does dim rhaid i ti weld Gwen bob dydd . . .'

Pwynt da iawn. Gwenais i.

'Meddylia i am y peth, iawn?' meddwn i. Rhoiodd o winc i mi, ac aeth o adref at Erin. Dechreuais i chwerthin eto.

Gorffennaf 30ain Dydd Mercher

Do'n i ddim isio mynd i'r wers Gymraeg heno, ond hon ydi'r wers olaf tan fis Medi, a basai aros gartref i – beth ydi *sulk*? O – diddorol – 'pwdu', neu 'llyncu mul'! *To swallow a donkey?* Dw i'n hoffi hynny. Basai aros gartref i lyncu mul yn blentynnaidd iawn. (Ac yn boenus.) Felly es i i'r wers. Roedd Brenda'n siarad am Ynys Enlli bob munud.

'W! Efallai gwela i'r dyn neis yna *with the bike* . . .!' meddai hi'n slei.

Ro'n i isio rhoi ei phen yn y bin sbwriel.

'Paid â galw Blodwen yn *bike,* mae hi'n ferch neis,' meddai Andrew. Felly rhoiais i ei ben o yn y bin sbwriel – wel, bron.

Cawson ni wers eithaf diddorol yn y diwedd, yn trafod yr amgylchedd. Mae Roy'n credu y dylai pawb

---

hawliau cyfartal equal rights *amgylchedd* (*egb*) environment

fod yn llysieuwyr ac y dylai pawb ddefnyddio beic yn lle car (hawdd iddo fo ddweud hynny – Mr Ffit). Mae Michelle yn rhoi popeth mewn bin compost, ond rŵan mae gynni hi broblem llygod. Ym marn Jean mae pawb yn gwneud llawer gormod o ffŵs am yr amgylchedd. Mae Brenda yn dweud bod ei *lupins* yn bwysicach na bywyd gwyllt, felly mae hi'n defnyddio pelets glas i ladd malwod (a bod yn onest, mae'n bosib y baswn i hefyd, taswn i'n gallu tyfu *lupins*). Yn ôl Andrew, llysieuwyr ydi'r *religious fanatics* newydd, yn ceisio cael pawb i feddwl fel nhw. Mae o'n meddwl bod angen cig arnon ni a bod tyfu llysiau'n greulon.

'Tyfu llysiau'n greulon!' meddai Roy. 'Sut?'

'Mae'n bosib bod gynnyn nhw deimladau hefyd,' meddai Andrew, 'a'u bod nhw'n sgrechian pan wyt ti'n eu rhoi nhw mewn dŵr berwedig – fel *lobsters*.'

'Cimychiaid,' meddai Menna.

'*Yeah*, cimychiaid,' meddai Andrew. 'Ac i dyfu llysiau, rhaid i ti ladd malwod, Sianis blewog . . .'

'*Pardon?*' gofynnodd Brenda.

'*Caterpillars*,' meddai Andrew. 'Enw hyfryd, yntydi? Siani flewog, *hairy Jane* . . .!!!'

Dechreuon nhw ffraeo wedyn. Roedd hi'n ddiddorol iawn! Pan oedd y ddau wedi gwylltio, roedd hi'n anodd iawn iddyn nhw siarad Cymraeg. Roedd popeth yn dod allan yn Saesneg. Wedyn roedd Menna'n gwylltio efo nhw am siarad Saesneg. 'Dan ni'n gorfod sgwennu traethawd ('Byr, Blodwen . . .') am yr amgylchedd erbyn mis Medi. O, diddorol . . .

---

llysieuwyr (*ll*)	vegetarians	*berwedig*	boiling
barn (*eb*)	opinion	*ffraeo*	to argue
creulon	cruel		

Aethon ni i gyd i'r dafarn wedyn, ond roedd Menna, Andrew, Roy a Brenda'n siarad am Ynys Enlli drwy'r amser, ac roedd Hywel yno efo'r flonden, felly ar ôl hanner awr dwedais i fy mod i'n mynd adref.

'Yn barod?' meddai Andrew.

'Ia,' meddwn i, 'mae gen i ful yn y popty.' Ac i ffwrdd â fi cyn egluro.

Awst 2ail Dydd Gwener

Mae swydd Dei yn y papur. Mae'r dyddiad cau ddydd Gwener nesaf. Dw i ddim yn siŵr beth i'w wneud. Ond does gen i ddim byd i'w golli, nac oes? Oes, fy malchder. Dw i ddim isio gwneud ffŵl ohono' i fy hun. Dw i'n gwybod fy mod i'n gwneud ffŵl ohono' i fy hun yn aml iawn, ond damwain ydi hynny bob tro... Mae gwybod fy mod i'n mynd i wneud ffŵl ohono' i fy hun yn beth gwahanol. Help. Beth mae fy sêr yn ei ddweud? Mae'r papur o dan HRH . . . mae hi'n gwrthod symud. Aw! Ast! Dyma ni: '*Capricorn*: *Life is a bowl of cherries. Make sure you pick the right ones.*' Beth? Wel diolch yn fawr, roedd hynny'n help mawr. Pam dw i'n darllen fy sêr? Maen nhw'n sothach.

Mae rhywun newydd ffonio isio gweld Blodeuwedd! Dynes neis iawn: Mrs Gladys Price o Aberystwyth. Mae hi'n mynd i ddod i'w gweld hi ddydd Sul. O'r diwedd!

---

popty (*eg*)	oven	*sêr* (*ll*)	stars
balchder (*eg*)	pride	*sothach* (*GC*) (*eg*)	rubbish

Awst 4ydd Dydd Sul

Ffoniodd Mrs Price. Dydi hi ddim yn gallu dod. Mae hi'n sâl. Mae hi'n mynd i geisio dod pan fydd hi'n well. O, wel.

Mae'r Eisteddfod Genedlaethol yr wythnos yma. Ro'n i wedi anghofio. Ffoniodd Andrew ddoe.

'Mae Menna a fi'n mynd i'r Steddfod ddydd Llun; 'dan ni'n mynd i aros noson yn y maes pebyll. Wyt ti isio dod efo ni?'

'Beth? Yn yr un babell?'

'Mae'n babell fawr . . .'

'Dw i ddim yn meddwl, Andrew.'

'O. Iawn. Wel . . . hwyl 'te, Blodwen.'

'Ia, mwynhewch.'

Dw i ddim isio bod yn – beth ydi *gooseberry*? – Eirinen Mair, neu gwsberan . . . Dw i ddim isio bod yn eirinen Mair, diolch yn fawr. Na gwsberan. Ond hoffwn i fynd i'r Eisteddfod. Dw i erioed wedi bod yno. Ond dw i ddim isio mynd ar fy mhen fy hun. Ond dw i ddim isio aros mewn pabell efo Menna ac Andrew chwaith.

Awst 5ed Dydd Llun

Daeth Dei i'r llyfrgell eto amser cinio. Ro'n i'n bwyta fy rôl diwna.

'Wel?' meddai fo. 'Wyt ti wedi ceisio am y swydd?'

'Dw i wedi cael ffurflen, ond heb ei llenwi.'

'Ond rwyt ti'n mynd i wneud?'

'Ym . . .'

---

pabell (eb) pebyll	tent	*llenwi*	to fill
ffurflen (eb)	form		

‘Blodwen! Rwyt ti’n cwyno bod dy fywyd yn ddiflas, a dyma gyfle i ti wneud rhywbeth gwahanol! Be sy’n bod? Wyt ti’n mwynhau cwyno am bopeth?’

‘Nac ydw . . .’

‘Wyt ti’n un o’r bobl ’ma sydd isio diodde er mwyn gallu cwyno wrth bawb pa mor annheg ydi bywyd? Rwyt ti’n haeddu cic yn dy ben ôl!’

Edrychodd o arna i’n flin. Edrychais i arno fo mewn sioc.

‘Tyrd!’ meddai fo. ‘Un trip bach arall yn y fan, ac wedyn cei di benderfynu.’

‘Ond . . .’

‘Rŵan!’

A buon ni rownd a rownd y maes parcio eto. Ond hefyd, aethon ni ar hyd y ffordd fawr am ychydig, i mi gael rhoi fy nhroed i lawr. A do, gwnes i fwynhau. Mae o mor wahanol i pan oedd Dei’n sâl. Dw i’n gallu ymlacio rŵan. Pan fagiais i’r fan – dwy fodfedd o’r wal – roedd gwên ar wyneb Dei. Trodd o ata i:

‘Blodwen, os nad wyt ti’n rhoi’r cais yna i mewn, dw i’n mynd i ddweud wrth Gwen am y chwain . . .’

Felly heno, dw i wedi sgwennu fy nghais. Mae’n swnio’n eithaf da hefyd.

Sgwn i sut hwyl mae Menna ac Andrew yn ei gael yn y Steddfod? Sgwn i a ydi Brenda wedi torri ei choes, i mi gael mynd i Enlli?

---

annheg	unfair	*cais* (*eg*)	application
haeddu	to deserve	*sgwn i*	I wonder

Awst 6ed Dydd Mawrth

Ffoniodd Mrs Price eto. Mae hi'n sâl o hyd, ond bydd rhywun yn dod i weld Blodeuwedd nos Iau. Bydd rhaid i mi ei glanhau hi cyn hynny. Mae hi wedi bod yn rhwbio yn erbyn rhywbeth, a dydi hi ddim yn wyn iawn rŵan. Mae hi'n fwy oren/melyn.

Gweithiais i'n hwyr heno. Ond dw i'n cael dydd Gwener yn rhydd. Diwrnod arall i'w lenwi . . .

Postiais i'r cais y bore 'ma. Ond fydda i ddim yn cael cyfweliad, dw i'n gwybod.

Awst 8fed Dydd Iau

Dyna beth oedd sioc. Dw i'n dal i chwerthin. Heno, pan o'n i'n bwyta fy swper, clywais i gnoc ar y drws. A phan agorais i'r drws, gwnes i bron â thagu ar fy swper. Siôn Prys, y dyn adar â llygaid glas! Wel, y dyn â llygaid glas sy'n hoffi adar, nid y dyn sy'n hoffi adar â llygaid glas. Edrychais i arno fo, ac edrychodd o arna i. Doedd o na fi'n gallu meddwl beth i'w ddweud am ychydig. Yna,

'O, helô,' meddwn i, yn ceisio bod yn *cool.*

'Helô,' meddai fo.

Wedyn do'n i ddim yn gallu meddwl beth i'w ddweud.

'Beth dach chi'n ei wneud yma?' gofynnais i iddo fo, yn y diwedd.

'*Ditto!*' meddai fo.

'Dw i'n byw yma!' meddwn i. Roedd ei geg fel pysgodyn.

---

rhydd free | *cyfweliad* (*eg*) interview

'Ym . . .' meddai fo'n araf, 'dw i wedi dod i weld . . . ym . . .'

'*Yellow-bellied sapsucker?*' gofynnais i. 'Dw i ddim wedi gweld un yn ddiweddar.'

'Ha ha. Nac ydw, dw i wedi dod i weld gafr,' meddai fo.

'Chi?'

'Ie. Mae fy mam wedi siarad â chi ar y ffôn.'

'O! Ond . . . o, dw i'n gweld . . . Price . . . Prys yn Gymraeg.'

'Ie, dyna chi.'

'Ond dylech chi fod ar Enlli.'

'Dw i wedi cymryd pythefnos o wyliau ac roedd rhaid i mi fynd i Fangor heddiw,' meddai fo.

'O! Neis . . .' meddwn i, yn ceisio peidio â gwenu. *Yah boo sucks*, Brenda. 'Wel . . . gwell i chi gyfarfod Blodeuwedd.'

'Pwy?'

'Fy ngafr.'

'O, wrth gwrs.'

Dilynodd o fi i'r ardd. Roedd Blodeuwedd yno'n cnoi coeden. Cofiais i fy mod i wedi anghofio ei glanhau hi. O diar. Roedd ei bol hi'n felyn i gyd.

'Edrychwch, *yellow-bellied sapsucker* arall,' meddwn i. Chwarddodd Siôn. Roedd gynno fo chwerthiniad bendigedig. Ro'n i'n gallu gweld ei ddannedd – dim *fillings*. Daeth Blodeuwedd aton ni'n syth, a dechrau cnoi trowsus Siôn. Ond chwarddodd o eto a'i chrafu y tu ôl i'w chlustiau. Stopiodd hi gnoi'n syth a chodi ei phen i edrych arno fo â'i llygaid tlws. *Bingo*. Roedd hi'n amlwg. Roedd hi mewn cariad.

---

yn ddiweddar recently *tlws* pretty

'Mae llygaid hardd 'da hi,' meddai fo.

'Oes,' meddwn i.

'Maen nhw'n dweud bod anifeiliaid yn mynd yn debyg i'w perchnogion . . .' meddai fo wedyn.

Beth? Edrychais i arno fo'n wirion. Oedd o'n ceisio dweud fy mod i'n edrych fel gafr? Neu oedd o'n dweud bod gen i lygaid tlws?

'Diolch . . .' meddwn i, a gwenu beth bynnag, rhag ofn. Gwenodd o yn ôl.

'Alla i ddim mynd â hi heddiw,' meddai fo, 'ond dŷn ni'n ei moyn hi – yn bendant.'

'Dach chi'n siŵr?'

'Perffaith siŵr.' Ac edrychodd o arna i mewn ffordd wnaeth i fy mhengliniau droi'n sbwng.

'Wel . . .' meddwn i, gan geisio cadw fy llais yn normal, 'hoffech chi baned neu rywbeth?'

'Os gwelwch chi'n dda. Ond Blodwen?'

'Ia?'

'Llai o'r chi yma, iawn?'

'Iawn. Tyrd i'r tŷ.'

Dim ond llefrith UHT sgim oedd gen i, ond yfodd o dri phaned, a rhannu fy swper: caws ar dost. Buon ni'n siarad a siarad a siarad. Mae o'n hoffi darllen – fel fi; mae o'n hoffi ffilmiau – fel fi; ac mae o'n hoffi teithio hefyd. Mae o wedi bod dros y byd yn gwylio adar.

'Wyt ti'n hoffi barddoniaeth?' gofynnais i, yn disgwyl iddo fo ddweud na.

Ond:

'Ydw,' meddai fo'n syth, 'yn enwedig y gynghanedd.'

---

perchnogion (*ll*)	owners	*llefrith* (*GC*) (*eg*)	*llaeth* (*DC*)
sbwng (*eg*)	sponge	*cynghanedd* (*eb*)	strict metre poetry

'O ia, 'dan ni wedi siarad ychydig bach am gynganeddu yn y dosbarth Cymraeg, ond dw i ddim yn deall llawer.'

'Gallwn i dy ddysgu di.'

'Beth? Drwy'r post o Enlli?'

Gwenodd o ond ddwedodd o ddim mwy am y peth.

'Gwranda, bydd rhaid i mi fynd,' meddai fo. 'Ro'n i wedi bwriadu mynd adre'n syth, ond . . .'

'Rwyt ti'n gyrru i Aberystwyth rŵan!' Roedd hi'n 11.30.

'Ydw.'

'Wel . . . mae croeso i ti gysgu ar y soffa . . .' Mae croeso iddo fo gysgu efo fi yn y gwely hefyd. Dw i isio iddo fo gysgu efo fi, ond dw i ddim isio iddo fo feddwl fy mod i'n ferch . . . ym . . . fel yna.

'Wyt ti'n siŵr?'

'Ydw.'

Mae o'n mynd i aros! AAAAAAAA!!!

'Bydd rhaid i fi godi'n gynnar; dw i isio mynd i'r Eisteddfod fory,' meddai fo wedyn.

Rhythais i arno fo.

'O, braf . . . dw i erioed wedi bod yn yr Eisteddfod.'

Gwenodd o arna i.

'Wel . . . wyt ti'n gallu codi'n gynnar?'

Awst 13eg Dydd Sul

Cysgodd o ar y soffa. Chysgais i ddim winc, achos fy mod i'n gwybod ei fod o yn yr un tŷ â fi. Ac aethon ni i'r Eisteddfod. Buon ni'n siarad a chwerthin yr holl ffordd, ac weithiau, pan oedd o'n newid gêr, roedd ei

---

bwriadu to intend *rhythu* to stare

law yn cyffwrdd â fy nghoes i! Roedd o'n edrych yn hyfryd, wedi golchi ei wallt, siafio, a gwisgo'n smart. Gwisgais i golur – ar ôl i mi ddod o hyd iddo fo. Pan ddes i allan o'r llofft, gwenodd o'n rhyfedd arna i.

'Ydw i wedi gwisgo gormod o golur?' gofynnais i iddo fo'n syth.

'Nac wyt . . . mae'n berffaith,' meddai fo. (Toddais i.) 'Ond dwyt ti ddim angen colur.' (Toddais i eto.)

Mwynheais i bob eiliad o'r Eisteddfod. Aeth o â fi i bobman: y stondinau, y Babell Lên, y lle crempog, y lle hufen iâ . . . ac yn y prynhawn, aeth o â fi i'r Pafiliwn. Ro'n i wrth fy modd, roedd y canu'n hyfryd.

Wedyn, daeth cannoedd o bobl i mewn.

'Beth sy'n digwydd rŵan?' gofynnais i iddo fo.

'Seremoni'r cadeirio.'

'O! Gwych! Dw i wedi gweld hyn ar y teledu!' meddwn i.

Roedd hi'n seremoni hyfryd. Do'n i ddim yn deall llawer, ond mwynheais i'r cwbl, ac ro'n i'n hoffi'r dillad glas, gwyrdd a gwyn ar y llwyfan. Ond roedd 'na bobl hen iawn iawn yno.

Dwedodd yr Archdderwydd mai 'Bolamelyn' oedd wedi ennill. Wedyn, aeth y lle yn dywyll a chanodd y corn gwlad. Roedd golau cryf o'r to yn chwilio drwy'r dorf am 'Bolamelyn' am amser hir, yna dechreuodd Siôn godi. 'Beth rwyt ti'n ei wneud?' meddwn i, a

---

cyffwrdd â	to touch	*seremoni'r cadeirio*	chairing ceremony
colur (*eg*)	make-up		
toddi	to melt	*llwyfan* (*egb*)	stage
stondinau (*ll*)	stalls	*Archdderwydd* (*eg*)	archdruid
y Babell Lên	the Literature Tent	*corn gwlad*	horn
		to (*eg*)	roof
crempog (*eb*)	pancake	*torf* (*eb*)	crowd

'Mae'n bosib bod gynnyn nhw deimladau hefyd . . .' (74)
'It is possible that they have feelings as well . . .'

Dw i ddim yn meddwl bod gynno fo fywyd diddorol iawn. (26)
I don't think that he has a very interesting life.

Mae gynni hi glustiau fel eliffant. (29)
She has ears like an elephant.

2. **Amodol** ***(conditional)***

Mae gan y berfenw 'bod' lawer o wahanol ffurfiau yn yr amodol. Dyma ffurfiau'r nofel 'hon':

Baswn i (*I would be*)	Basen ni
Baset ti	Basech chi
Basai fo/hi	Basen nhw

Basai beic yn gwneud i mi golli pwysau. Ond baswn i'n gwlychu yn y glaw. (65)
A bike would make me lose weight. But I would get wet in the rain.

Taswn i (*If I were*)	Tasen ni
Taset ti	Tasech chi
Tasai fo/hi	Tasen nhw

Taswn i'n cael styd yn fy motwm bol, fasai neb yn gweld y styd eto. (32)
If I got a stud in my belly button, no one would see the stud again.

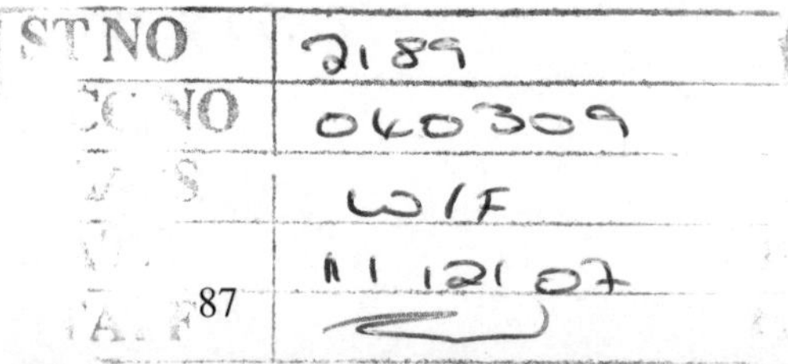

cheisio ei dynnu i lawr. Ond gwenodd o arna i, rhoi ei law ar fy llaw cyn dweud, 'Wela i di tu fas', a sefyll ar ei draed. Yna, roedd y golau arno fo – a fi – ac roedd o'n brifo fy llygaid! Roedd pawb yn clapio ac yn gwenu – ar Siôn – a fi! Ro'n i isio mynd o dan y sedd. Yna daeth rhywun i nôl Siôn, a cherdded efo fo at y llwyfan. Ro'n i'n crynu i gyd. Roedd Siôn yn fardd – yn brifardd! Gwelais i o'n eistedd yn ei gadair, a'r merched bach yn dawnsio. Roedd hi fel breuddwyd. Pan ganodd pawb 'Hen Wlad fy Nhadau' ro'n i'n crio fel babi. Wedyn aeth y bobl mewn glas, gwyrdd a gwyn allan, ac yna aeth pawb arall allan. Ac ro'n i ar fy mhen fy hun, ynghanol cannoedd o bobl. Do'n i ddim yn gallu gweld Siôn a do'n i ddim yn gwybod lle i fynd. Ro'n i'n teimlo'n ofnadwy. Felly es i am hufen iâ arall. Wedyn ro'n i'n teimlo'n sâl.

Ro'n i ym Mhabell y Dysgwyr pan ddaeth Siôn ata i. Roedd o'n chwysu.

'Blodwen! Dw i wedi bod yn chwilio amdanat ti ymhobman!' meddai fo.

Edrychais i arno fo am amser hir. Ro'n i isio rhoi slap iddo fo a'i alw'n hen ddiawl am beidio â dweud wrtha i, ond roedd o'n edrych mor hapus. A beth wnes i? Dechreuais i grio eto! Yn yr Eisteddfod! O flaen pawb!

Ond roedd Siôn wedi deall. Gafaelodd o'n dynn ynddo' i.

'Mae'n ddrwg gen i, Blodwen,' meddai fo, 'dylwn i fod wedi dweud wrthot ti.' Ond do'n i ddim yn gallu siarad; roedd fy wyneb yn ei frest, ac roedd arogl mor dda arno fo, ac roedd o'n teimlo mor fawr a chryf. Yna

---

prifardd (*eg*)	chief poet	*yn dynn*	tightly
diawl (*eg*)	devil	*arogl* (*eg*)	scent, smell

roedd o'n cusanu top fy mhen, ochr fy mhen, fy llaw, fy ysgwydd. Codais i fy mhen i edrych arno fo.

'Siôn? Beth rwyt ti'n . . .?' Ond ches i ddim cyfle i ddweud mwy, roedd o'n rhoi cusan i mi – cusan go iawn – yn yr Eisteddfod o flaen pawb ym Mhabell y Dysgwyr! Roedd hi fel rhywbeth allan o ffilm. Mae gweddill y penwythnos yn breifat. Rhywbeth rhyngddo' i a Siôn. (Ond dw i'n gwenu – fel giât.)

Daeth â fi adref heno. Mae o'n cysgu yn fy ngwely tra dw i'n sgwennu hwn.

Mae gen i ofn dweud hyn, ond ydw, dw i mewn cariad eto. Dydi o ddim wedi dweud, 'Dw i'n dy garu di', ond Cymro ydi o wedi'r cwbl.

Awst 12fed Dydd Llun

Dw i'n dal mewn cariad. Mae o wedi mynd i weld ei fam, ond 'dan ni newydd fod ar y ffôn am awr a hanner. Ac mae Blodeuwedd yn hapus yn ei chartref newydd – ac oes, mae bwch gafr yno.

Awst 13eg Dydd Mawrth

Dal mewn cariad. Dwy awr ar y ffôn heddiw ac mae'n dod yma fory.

Awst 17eg Dydd Sadwrn

Dw i'n gwybod rŵan pam roedd Siôn wedi gorfod dod i Fangor y diwrnod hwnnw – roedd gynno fo gyfweliad am swydd. Mae o wedi cael y swydd! Yfory, bydd o'n mynd yn ôl i Enlli am fis, wedyn mae o'n dod i aros efo fi. Cawn ni weld sut fydd pethau. Dw i mewn cariad ond dw i'n realistig. Mae byw efo rhywun yn fater gwahanol. Ond hyd yma, mae popeth wedi bod yn wych. Mae o wedi trwsio drws y sièd, y ffens a'r hwfyr, mae o wedi gwneud cyrri bendigedig, ac mae o'n golchi ei ddillad ei hun. Mae HRH yn ei hoffi o a dydi o ddim yn meddwl fy mod i'n flêr. Ond dw i'n glanhau llawer mwy am ei fod o yma. Dydi o ddim wedi dweud, 'Dw i'n dy garu di' eto, ond dw i ddim ar frys.

Felly yfory mae o'n mynd yn ôl i Enlli. Ond dw i'n mynd i fynd yno i'w weld o bob penwythnos, a dw i wedi prynu llyfr adar yn barod.

Awst 19eg Dydd Llun

Mae o'n dal yma! Mae'r môr wedi bod yn rhy arw i neb groesi i Enlli ers dyddiau! Felly mae Menna, Andrew, Brenda a Roy'n dal yno! Ddylwn i ddim chwerthin, ond . . .

Ac mae gen i gyfweliad am y swydd ar fan y llyfrgell ddydd Mercher!

Weithiau, mae bywyd yn dda i Blodwen Jones . . .

---

blêr	untidy	*garw*	rough

NODIADAU

Mae'r rhifau mewn cromfachau (*brackets*) yn cyfeirio at (*refer to*) rif y tudalennau yn y llyfr.

Gwelwch chi'r ffurfiau amser presennol isod yn y nofel:

ydi (ydy)/dydi (dydy)

A beth ydi'r pwynt os dydi hi ddim yn fy nabod i? (12)

And what is the point if she doesn't know me?

'dan ni (dŷn ni)

A 'dan ni'n lwcus bod y ddau ohonon ni ddim mewn ambiwlans ar ôl y gornel olaf yna! (62)

And we are lucky that neither of us are in an ambulance after that last corner!

dach chi (dych chi)

'Dach chi'n byw yng Ngwynedd a dach chi ddim yn gwybod lle mae'r Rivals?' (42)

'You live in Gwynedd and you don't know where the Rivals are?'

1. **Gan**

Yn yr iaith ffurfiol ac yn nhafodieithoedd y Gogledd, yr arddodiad 'gan' sy'n dynodi meddiant (*denotes possession*)

Iaith y De	**Iaith y Gogledd**
Mae car 'da fi	Mae gen i gar

Y ffurfiau sy'n cael eu defnyddio yn y nofel hon yw:

Gen i	Gynnon ni
Gen ti	Gynnoch chi
Gynno fo	Gynnyn nhw
Gynni hi	